O OPOSITOR

O OPOSITOR

LUIS
FERNANDO •

Copyright © 2004 by Luis Fernando Verissimo

Grafia atualizada segundo o Acordo Ortográfico da Língua
Portuguesa de 1990, que entrou em vigor no Brasil em 2009.

Capa e projeto gráfico Casa Rex
Preparação Julia Passos
Revisão Eduardo Russo e Andrea Souzedo

Os personagens e as situações desta obra são reais apenas no
universo da ficção; não se referem a pessoas e fatos concretos,
e não emitem opinião sobre eles.

Dados Internacionais de Catalogação na Publicação (CIP)
(Câmara Brasileira do Livro, SP, Brasil)

Verissimo, Luis Fernando
    O opositor / Luis Fernando Verissimo. – 1ª ed. – Rio de
Janeiro : Alfaguara, 2022.

    ISBN: 978-85-5652-149-1

    1. Ficção brasileira I. Título.

22-133283   CDD-B869.3

Índice para catálogo sistemático:
1. Ficção : Literatura brasileira   B869.3

Cibele Maria Dias – Bibliotecária – CRB-8/9427

[2022]
Todos os direitos desta edição reservados à
EDITORA SCHWARCZ S.A.
Praça Floriano, 19 — Sala 3001 — Cinelândia
20031-050 — Rio de Janeiro — RJ
Telefone: (21) 3993-7510
www.companhiadasletras.com.br
www.blogdacompanhia.com.br
facebook.com/editora.alfaguara
instagram.com/editora_alfaguara
twitter.com/alfaguara_br

NINGUÉM VOLTA DO ÚLTIMO RIO.
SE ALGUÉM CONTAR QUE ESTEVE NO IGUÊ-AGO
E VOLTOU, OU ESTÁ MENTINDO OU É UM FANTASMA.
OU NÃO ERA O IGUÊ-AGO.

SERENA

CAJU

A cachaça fala com a língua dos homens. Não sei quanto desta história é da cachaça e quanto é do homem. Também não garanto que ouvi tudo o que conto. O chauasca aumenta a sensibilidade dos ouvidos. Na metade do tempo, além da voz do Polaco, eu ouvia o rumor das galáxias de Perseus e o zunir dos peixes no rio Negro, e nos afluentes dos afluentes dos afluentes dos seus afluentes. Talvez você também deva tomar alguma coisa antes de começar a leitura. Recomendo suco de sapiri.

O homem disse que se chamava Jósef Teodor. Só quando soube que eu estava transcrevendo o que ele me contava mostrou como se escrevia seu nome, com a ponta do dedo no tampo da mesa. Acento no primeiro ó. Efe, não ph, no fim de Jósef. Teodor sem agá. Mas no bar em que o conheci, em Manaus, ele era chamado de Polaco.

— Deixa o moço em paz, Polaco!

Foi o que o dono do bar, Hatoum, gritou quando ele se

aproximou da minha mesa com o copo vazio numa mão e arrastando sua cadeira com a outra.

Fiz um sinal de "tudo bem" para Hatoum e o homem alto com uma grande cara vermelha sentou-se à minha frente, depois de empurrar as outras cadeiras da mesa. Passava de mesa em mesa arrastando sempre a mesma cadeira. Dormia sentado na cadeira, com a cabeça aninhada nos braços sobre uma mesa. Levava-a com ele até quando ia ao banheiro do bar. Quando, confuso com os detalhes da sua biografia, perguntei qual era a sua pátria, afinal, ele levantou-se e indicou a cadeira. Aquela era a sua pátria. Mas isso veio depois. A primeira coisa que ele me disse foi:

— Existem vinte e uma maneiras de matar alguém só com as mãos. Conheço todas.

Tinha cabelos vermelhos como a sua pele e uma voz rouca. Falava um português crocante, que parecia sair da sua boca em barras. Eu já o notara, ao me dirigir para uma mesa com o suco de caju que Hatoum recomendara ao ver minha cara com uma frase que não entendi ("Para começar, caju"). Com aquele tamanho e o cabelo desalinhado em chamas, era impossível não notá-lo. Não era uma pessoa, era uma conflagração. Estava sentado com outros dois homens e desenhava alguma coisa no tampo da mesa com o dedo. Os outros dois sorriam como se sorri, precavidamente, para um possível louco, antes de se ter certeza. As demais pessoas do bar não lhe davam atenção. Deviam conhecê-lo de muito tempo. Ele nunca abandonava o bar. Não consegui convencê-lo a deixar sua cadeira para trás, subir o rio Negro comigo e mostrar o local onde sepultara o dr. Curtis — ou talvez não sepultara. Se aceitasse o meu desafio, seria a primeira vez em que sairia do bar em cinco anos. A primeira vez em cinco anos em que deixaria para trás a sua pátria de quatro pernas.

— Existem vinte e uma maneiras de matar alguém só com as mãos. Conheço todas.

Eu disse alguma coisa como "Ah, é?" e também sorri como se sorri para os possíveis loucos. Ele examinou meu rosto com seus olhos injetados de bêbado por um longo tempo. Como se ponderasse se eu merecia saber mais do que aquilo a seu respeito. Depois olhou meu suco de caju e fez um ruído de desdém sem abrir a boca.

Estendeu a mão e disse:

— Jósef Teodor.

Apertei sua mão e disse meu nome. Ele não largou minha mão. Puxou-me em sua direção e disse, com a boca a centímetros do meu nariz:

— Que idade você tem?

Disse a minha idade, e ele fez outro som de desprezo.

— Rá! Você não sabe de nada.

— Polaco! — gritou o Hatoum, de trás do balcão. — Deixa o homem em paz.

Pelo tom de Hatoum, deduzi que aquilo acontecia sempre. O Polaco vivia importunando os fregueses novos do bar. Ele não deu atenção a Hatoum. Perguntou:

— O que você sabe?

— O que eu deveria saber?

Ele largou a minha mão e fez um rápido desenho com o dedo no tampo da mesa. E exigiu:

— Me diga o que é isto.

Eu mal tinha visto o que ele desenhara. Pareciam três letras. Ou algum tipo de símbolo. Disse:

— Não sei.

Ele atirou-se para trás na sua cadeira, como quem desiste.

— Você não sabe de nada — repetiu.

Eu tinha confirmado as suas piores expectativas sobre os tomadores de suco de caju.

Eu tinha entrado no bar porque precisava tomar um líquido. Qualquer líquido, menos a mineral do frigobar do hotel, que custava um absurdo. Passara a tarde bebendo chá de uasca com a Serena, no colchão que era a única alternativa a ficar de pé na sua casa. Além de me fazer viajar sem sair do colchão e ouvir cochichos na lua, o chauasca me dava uma sede danada. O bar ficava perto do hotel. Eu estava em Manaus fazendo uma reportagem sobre ervas e frutas alucinógenas da Amazônia. A diária paga pelo jornal era pequena. Eu pedira para ficar mais tempo em Manaus, para aprofundar minha pesquisa. Queria mesmo era ficar mais tempo com a Serena, que era metade indígena e metade dinamarquesa. Literalmente. Vista de um lado, ela era branca com mechas negras no cabelo loiro; do outro lado, indígena, com estrias loiras no cabelo preto. Sua voz era de seda. E quando ela gozava fazia "gögre, gögre", que (dizia) é o que fazem todas as dinamarquesas quando gozam. Mas ela não tinha certeza do trema. O filho da puta do Alvarinho, meu editor, concordara em me dar mais tempo, desde que o jornal não precisasse mandar mais dinheiro. E foi minha decisão de evitar a água mineral cara do hotel que me fez entrar no bar, e nesta história, e neste labirinto. Vinha pela rua entre exausto e extasiado depois de dormir até as quatro da tarde com Serena, que tem os polegares amputados e segurava meu pau como segurava as xícaras de chauasca, delicadamente, com as duas mãos, a branca e a morena. Seus polegares amputados tinham algo a ver com uma seita e com o polegar esquerdo de Fra Angelico num certo mural da Itália, mas na hora sua explicação se perdera na névoa cerebral em que eu vivia, induzida pelo chá e pelo calor de Manaus. Eu já passara pelo bar várias vezes, vindo da casa de Serena, e naquele dia espiei pela porta e vi Hatoum atrás do balcão emoldurado por frutas de todos os tipos, como numa alegoria tropical. Uma alegoria do Brasil: o gordo Hatoum, filho de imigrantes árabes, cercado pela extravagante fruição da Amazônia e tão integrado no cenário que sua cara também parecia uma fruta. Era um grande jambo de bigode. Atrás dele, escrita em branco num fundo preto, uma lista dos sucos da casa, a maioria com nomes que eu não conhecia. Açaí, seriguela, buriti, bacuri, patavá, sapiri... Não, o sapiri eu conhecia. Serena me falara dele. Mas me dissera que eu não estava pronto para o sapiri. Dissera, misteriosamente, que o sapiri ficaria para o fim.

Quando levei meu conservador suco de caju para a mesa, avistei o Polaco importunando os dois fregueses e riscando a mesa com o dedo indicador, e sua figura me intrigou. Soube depois que ele tomava banho num chuveiro improvisado atrás do bar do Hatoum. E que pagava a tolerância do Hatoum, e as roupas velhas que este lhe dava, funcionando como um vigia informal do bar. Nunca saía de lá, nem quando Hatoum fechava as portas e ia para casa. Mesmo que estivesse sempre bêbado, seu tamanho e sua grande cara vermelha bastavam para espantar os ladrões e os arruaceiros e talvez até os insetos. Varria o bar todas as manhãs, em troca de comida. Era um espantalho de muitas utilidades. Pagava sua cachaça com o que conseguia arrancar de fregueses interessados, ou resignados, ou zonzos, como eu. E nunca, em cinco anos, se aproveitara das suas noites sozinho no bar, sentado na sua cadeira inseparável com a cabeça vermelha sobre uma mesa, para roubar cachaça do Hatoum. Foi o que Hatoum me contou, quando perguntei se as histórias do Polaco poderiam ser verdadeiras. Querendo dizer que, mesmo se fosse um mentiroso, era um mentiroso honesto. De qualquer maneira, nunca deixei minha câmera ao alcance da sua mão.

O Polaco tinha olhos americanos. As íris muito azuis e o branco e o vermelho disputando o resto do espaço. A barba, o nariz e as bochechas da mesma cor davam ao seu rosto o aspecto de uma aquarela malfeita, em que a tinta escorrera e invadira os olhos em filetes vermelhos. Idade indefinida, entre cinquenta e sessenta anos, mais ou menos o dobro da minha. Falava com correção e até um certo cuidado formal, como as pessoas costumam ter quando usam uma língua que não é a delas. Seu sotaque era indefinível, e notei que às vezes esquecia o sotaque e às vezes o enfatizava. Era um ator. Naquele primeiro dia, depois de concluir que eu não sabia nada e provavelmente nunca aprenderia nada, depois de desistir de toda a minha geração, ele pareceu decidir que merecíamos outra chance. Levantou a mão esquerda, com a palma virada para mim e os dedos estendidos, e perguntou:

— O que você vê aqui?

— Cinco dedos?

Ele usou o indicador da outra mão para bater na ponta dos dedos da mão aberta. Um, dois, três, quatro.

— São as quatro organizações que dominam o mundo.

Segurou a ponta de cada dedo de uma vez e o sacudiu, como se o estivesse castigando.

— Um... dois... três... quatro... As quatro têm representantes no Grupo Meierhoff. Você já ouviu falar no Grupo Meierhoff?

Não, eu nunca ouvira falar no Grupo Meierhoff. Ele atirou-se para trás outra vez, com a boca aberta, numa exagerada pantomima de espanto.

— Onde você vive? O que você faz? — perguntou, depois de se recuperar do falso choque.

— São Paulo. Jornalista.

— Um jornalista que não sabe de nada...

Era inútil. Eu era irrecuperável. Por um instante ele ficou com a cabeça pendida, olhando para o seu copo, como se tentasse decidir se valia a pena continuar. Quando levantou a cabeça, foi para procurar o Hatoum com o olhar.

Precisaria de um reforço para me aguentar.

— Hatoum, traga outro copo. Este está vazio. O moço paga.

Hatoum o ignorou. Ele abriu a mão esquerda outra vez, com a palma na minha direção. Ia repetir a lição.

— Preste atenção. São quatro organizações. No máximo dezessete pessoas entre elas. Algumas pertencem a mais de uma organização. E sabe o que elas decidem?

— O quê?

— Tudo.

— Tudo?

— Tudo.

O efeito do chauasca estava passando. Eu já não ouvia a voz do Polaco misturada com todos os sons da cidade, da floresta e dos rios. Não tinha mais nada para fazer em Manaus. Depois de começar a tomar o chá da Serena e a viajar no seu colchão, passara a inventar a reportagem sobre as ervas. Abandonara a pesquisa entre os ervários da cidade e fazia minha investigação entre os braços da Serena, o loiro e o moreno. Serena prometia me levar em incursões pela floresta, mas eu ainda não saíra de Manaus. Prometia me levar Negro acima e explorar o labirinto dos afluentes dos afluentes dos seus afluentes. Me falava de um afluente de um afluente de um afluente do Negro que não existia, ou só existia nos mitos da região. O Iguê-ago, que quer dizer rio da Solidão, ou rio que Não Existe, ou o último rio. Quem se perdia no labirinto dos afluentes dos afluentes dos afluentes do Negro se arriscava a entrar no Iguê-ago e dar com si mesmo pelas costas. Mas nós não saíamos de Manaus. Depois das tardes de amor suado e chauasca, eu ia para o hotel e escrevia o que Serena me contava e minhas alucinações. Nem sempre conseguia distinguir uma coisa da outra. Eu ouvira de Serena ou alucinara que existiam não só plantas medicinais como plantas cirúrgicas que, deixadas a sós com um paciente, enroscavam-se nele, descobriam seu tumor e o extraíam através da carne e da pele? E uma fruta carnuda cujo sumo fazia voar quem o bebia e substituía a canoa como principal meio de transporte de algumas tribos da Amazônia? E o sapiri, que, dependendo do espírito com que fosse ingerido, matava, hipnotizava ou levava ao paraíso do esquecimento, e para o qual eu ainda não estava pronto? Serena me contara mesmo que tinha uma amiga, chamada Adi, que era metade mulher e metade sucuri, e que ela prometia trazer para o nosso colchão, ou eu alucinara aquilo? E os botos galantes? E os sapos do tamanho de cachorros? Eu só precisava de algum tempo para me recuperar e ingerir líquidos, no caminho entre os braços da Serena e o meu notebook, e o bar era mais fresco do que o quarto do hotel. Por isso ficara no bar, naquele primeiro dia, no começo daquela semana estranha. Na entrada do labirinto. E porque o Polaco me intrigava. Estava curioso para saber como aquele bêbado imenso de origem desconhecida acabara ali, arrastando sua cadeira num bar de Manaus e importunando estranhos. A sua era certamente uma história com possibilidades latejantes.

* * *

Possibilidades latejantes. O filho da puta do Alvarinho pregara no quadro de avisos da redação a minha primeira matéria assinada com a frase "possibilidades latejantes" sublinhada e anunciara que havia um estilista, um poeta do cotidiano, solto no jornal, antes de quase desabar no chão de tanto rir. A partir daí, sempre que me pautava dizia que a matéria tinha possibilidades latejantes, mesmo que fosse sobre salões de beleza para animais domésticos. "Explore todas as possibilidades latejantes", dizia, ao me mandar fazer uma reportagem para o caderno de cultura e futilidades que editava. A biografia daquele espantalho vermelho devia ser mais fascinante do que qualquer história improvável que ele tivesse para me contar em troca da cachaça. As possibilidades latejantes de Jósef Teodor eram óbvias.

Naquele primeiro dia, à beira do labirinto, eu disse que, pelo que sabia, quem decidia "tudo" era o G-7, o grupo dos sete países mais ricos do mundo, ou, por trás da cena, a Comissão Trilateral, e por trás da Comissão Trilateral, os Rockefellers. Ele hesitou. Eu não tinha a menor ideia do que estava dizendo. Apenas ouvira falar da tal Comissão Trilateral e queria mostrar que não era um inocente completo. Mas a sua hesitação durou pouco. Fez um gesto que varreu do ar as minhas teorias ingênuas.

— Esses não mandam nada. São só uma frente. Quem decide tudo, ou tenta decidir tudo, desde o fim da Segunda Guerra, é o Grupo Meierhoff. Eles se reúnem num hotel nos arredores de Vilvoorde e decidem o que deve acontecer no mundo. Às vezes fazem reuniões de emergência. Foi depois de uma reunião de emergência que eles...

— Quem são eles?

O Polaco se impacientou com a minha interrupção.

— Você não os conheceria. São as dezessete pessoas que contam, no mundo, hoje. As únicas que contam. Nove são americanas. Juntas, elas controlam setenta e três por cento da riqueza da Terra.

A cifra variaria, nos dias seguintes, cada vez que era citada. De sessenta e cinco a oitenta e oito por cento.

— E quem são os...

— *Stop*! — disse o Polaco. — Você quer ouvir a história ou não quer?

— Está bem — disse eu, me esforçando para não rir. — Continue.

O Polaco levantou seu copo vazio na direção de Hatoum como se lhe dirigisse um brinde. Hatoum olhou para mim. Fiz sinal com a cabeça de que abonava o pedido silencioso. Hatoum saiu de trás do balcão com uma garrafa de cachaça e encheu o copo do Polaco. Me perguntou:

— Ele está lhe incomodando?

— Não, não.

O brinde do Polaco, agora, era para mim. Com o copo cheio.

— Obrigado, amigo. Vou lhe contar a história mais extraordinária que você já ouviu. Pena que seu jornal não a publicará.

— Por quê?

— Porque é uma história extraordinária. As histórias extraordinárias são perigosas. Elas ameaçam as histórias ordinárias, as histórias de fachada, que são as que mantêm as pessoas ignorantes e sob controle. As histórias extraordinárias só são admissíveis como ficção, não como fato. Só como histórias contadas por bêbados em bares. Jamais como fato. A verdade é perigosa.

Preparei-me, então, para ouvir a história de como um pequeno grupo de poderosos domina o mundo, apenas outra tese paranoica de um bêbado sobre o que está por trás de tudo, inclusive da sua miséria pessoal. Nada muito extraordinário. Outra alucinação. Outro efeito do calor de Manaus. Ou talvez não.

O Polaco tinha levantado a mão outra vez, com os dedos espalmados.

— Quatro — disse. — Quatro organizações dominam o mundo. Como os quatro dedos desta mão.

— E este dedo? — perguntei, apontando o polegar.

— Este somos nós.

— "Nós" quem?

Ele espantou minha pergunta como a uma mosca incômoda. Aquilo viria depois. Quatro. Eram quatro as organizações por trás de tudo. Por trás até dos Rockefellers. E as quatro formavam o Grupo Meierhoff, que se reunia regularmente para decidir o que deveria acontecer, ou não acontecer, no mundo. Às vezes faziam reuniões de emergência. E fora depois de uma dessas reuniões de emergência que ele, Jósef Teodor, recebera a convocação. Precisavam dele para uma missão. Por que ele? Por que não, por exemplo, Jamal, o Pequeno Turco? Porque Jósef, o Míssil, nunca errava o alvo. E quando, mais tarde, ficara claro que o desenlace da missão seria no Brasil e envolveria a redenção de um homem da sua loucura, ele se revelara a escolha perfeita. Porque era um especialista em psicologia humana tanto quanto nas vinte e uma maneiras de matar com as mãos, e já trabalhara muito no Brasil. Conhecia os dois terrenos, a Amazônia e a mente humana. As duas florestas, as duas grandes áreas subexploradas do mundo, disse, examinando meu rosto para se certificar de que sua frase não estava se perdendo. Por que ele? Porque ele era o melhor. E porque ele conhecia o que a culpa faz com as pessoas.

Qual era sua missão? Caçar um homem. Encontrá-lo e, se preciso, matá-lo.

Que homem? Ele traçou um triângulo rapidamente com o dedo num mapa imaginário à sua frente, anunciando os nomes dos seus três lados como se fossem números premiados. "Negro!", "Amazonas!", "Equador!". Explicou que os dois grandes rios e a linha do Equador eram os limites da Amazônia mítica, a Amazônia magnética, um dos pontos de contato da espiritualidade terrestre com a força cósmica, e onde se concentrara a cobiça da humanidade desde que a existência da grande floresta fora revelada. Era ali que estariam as pirâmides de ouro e os rios de diamantes imaginados pelos primeiros desbravadores, e o petróleo à flor do solo com que sonhavam desbravadores recentes. Mas não existiam as pirâmides de ouro. Não existiam os rios de diamantes. E não havia petróleo, "ao contrário do que vocês pensam", disse o Polaco. Não sei se querendo dizer "vocês brasileiros" ou "vocês tomadores de suco de caju". O que a sua presa, o homem que ele caçava, procurava dentro do triângulo era uma coisa mais preciosa.

— O quê? — perguntei.

— Um antídoto. E a sua salvação.

— Antídoto?

Mas o Polaco não estava disposto a ser apressado. Tinha muito tempo para contar a sua história. Mais cinco anos, se fosse preciso, desde que eu lhe garantisse o copo cheio.

— Hatoum!

O copo estava no ar, e o Polaco apontava para a sua outra particularidade: estava vazio. Hatoum sacudiu a cabeça mas trouxe a cachaça, aproveitando para me dizer que, se o Polaco estivesse me incomodando, bastava enxotá-los da mesa, ele e sua cadeira. Mas foi o Polaco quem mandou Hatoum embora, com um gesto superior. Ele encontrara algo mais raro e valioso do que ouro, diamantes, petróleo ou redenção no meio da floresta: um ouvinte atento. Era evidente que há muito tempo ninguém naquele bar tivera tanta paciência com ele quanto eu.

— Quem você tinha que matar? — experimentei.

— Vamos chamá-lo, apenas, de Doutor.

— Quem queria vê-lo morto?

— O Grupo Meierhoff.

— Quem é Meierhoff?

— Ninguém. É o nome do hotel perto de Vilvoorde, na Bélgica, em que o grupo se reúne.

— E por que o Grupo Meierhoff queria o Doutor morto?

— Porque — e o Polaco inclinou-se na minha direção como se fosse fazer uma confidência, mas falou mais alto do que antes — o Doutor sucumbiu a uma doença que nunca aflige os impérios, mas é mortal nas pessoas. O remorso.

— E o que o Doutor fez que lhe deu remorso?

Mas o Polaco não deixaria passar aquela oportunidade para me impressionar com sua erudição também. Não desperdiçaria um ouvinte raro como eu.

— *"Le remords, qui se nourrit de nous come le ver des morts."* Baudelaire. O que nós comemos e nos come a alma, em represália. O que nos remorde.

Tentei outro caminho.

— Por que o remorso do Doutor ameaçava o Grupo Meierhoff?

— *"That perilous stuff which weighs upon the heart..."*
Shakespeare.

Tentei outro:

— Você, afinal, matou o Doutor?

Ele fez um gesto de estrangulamento com as mãos mas não disse nada.

Depois disse:

— Tire-se a respiração de um homem, e todos os seus remorsos desaparecem.

E sorriu pela primeira vez. Conheci seus dentes amarelos e seu lado filosófico ao mesmo tempo.

Negro, Amazonas e linha do Equador. O que o Doutor procurava dentro do triângulo? Antídoto para quê? Mas o Polaco ficara subitamente quieto, com o olhar perdido. Alguma coisa também pesava no seu coração. Concluí que era inútil insistir. O resto da história eu saberia com o tempo. Talvez ele precisasse de tempo para inventar o resto. Talvez a sua narrativa nunca tivesse chegado tão longe, antes, e ele precisasse improvisar uma continuação para não perder o ouvinte perfeito. Tempo era o que não faltava para o Polaco.

Uma rápida inspeção das prateleiras do Hatoum me assegurou que cachaça também não. E eu também tinha tempo. Desde que o filho da puta do Alvarinho concordara em estender o prazo da reportagem, eu me sentia desobrigado, dono de uma licença oficial para a vagabundagem e o delírio. O chá da Serena me expandira os sentidos; era como estar no centro de um eterno presente, cercado pelos sons de tudo, até das galáxias de Perseus, e até o que digitava no meu notebook, no hotel, parecia já estar lá, magicamente pronto, apenas esperando o toque dos meus dedos para se tornar visível. Mas era preciso digitar para o texto aparecer. Por mais interessante que fosse aquele narrador vermelho, eu não poderia passar a eternidade ouvindo-o falar. Tinha que trabalhar e justificar minhas diárias de merda. E ele ficara em silêncio. Quando recomeçou a falar, parecia outro homem. Falava com dificuldade, enrolando a língua. Seu sotaque indefinido estava mais carregado, era difícil entendê-lo. Depois o Hatoum me diria que todos os dias era a mesma coisa. Ele suspendia a cachaça do Polaco, mesmo que alguém estivesse pagando, mas os muitos copos esvaziados durante o dia começavam a fazer efeito, e no fim da tarde ele sempre ficava assim, incoerente, dizendo coisas ininteligíveis. A cachaça tomava posse definitiva da sua língua. A última frase com algum sentido que o ouvi dizer naquela primeira tarde foi algo sobre o rápido processo de apodrecimento nos trópicos ser, no fundo, não um fenômeno natural, mas uma sentença moral. "Os impérios começam a apodrecer pelas suas extremidades", disse. Não entendi. Quando me levantei para ir embora, ele já estava debruçado sobre a mesa com a cabeça aninhada nos braços. Hatoum me contou que ele passaria a noite ali e acordaria cedo para varrer o bar. Perguntei se aquela história dele poderia ser verdade. Hatoum deu de ombros. Só sabia que o Polaco nunca aproveitava o fato de ficar sozinho no bar para roubar cachaça das prateleiras. Podia ser um louco, mas era um louco de confiança. Paguei minha conta. Hatoum anotava todos os copos de cachaça esvaziados pelo Polaco. Nunca conferi. Supunha que ele também fosse honesto. Não me dei conta, naquele primeiro dia, de que o que economizaria trocando a água mineral do hotel pelos sucos do Hatoum gastaria em cachaça para o espantalho. Isso também veio depois.

No hotel, aquela noite, consegui a muito custo fazer uma ligação telefônica para meu editor em São Paulo. O filho da puta do Alvarinho. Estava com bastante material sobre as ervas para mandar, inclusive fotos, mas era cada vez mais claro que precisaria de mais tempo, pois a matéria estava tomando uma forma imprevisível, talvez sensacional, envolvendo até botos que assoviavam para moças e sapos gigantescos. E agora me aparecera um maluco que também poderia dar uma boa matéria. "Isto aqui está cheio de histórias", falei. "Possibilidades latejantes?", perguntou o filho da puta do Alvarinho. "Certo, possibilidades latejantes." Eu já estava desligando o telefone quando me lembrei de pedir um favor. Alguém poderia ver para mim se nos arquivos do jornal havia alguma coisa sobre um Grupo Meierhoff? "Não sei, acho que com agá e dois efes no fim."

Não havia ar-condicionado no quarto. Abri a janela para diminuir o calor.

O calor aumentou.

AÇAÍ

— Açaí — disse Hatoum, quando me viu no dia seguinte. Não sei o que minha cara lhe revelava sobre a noite maldormida no hotel e as horas recém-passadas no colchão da Serena, ouvindo-a contar a história da sua vida com sua voz de seda. Mas era decididamente uma cara para suco de açaí.

Não demorou muito para o Polaco aproximar-se da minha mesa, segurando um copo vazio e arrastando sua cadeira.

— Meu nome é Jósef Teodor e tenho uma grande história para lhe contar.

Ele estendeu a mão para ser apertada. Seu rosto estava mais vermelho do que no dia anterior.

— Eu sei. Você começou a contar a história ontem.

— Que história?

— A do Doutor. Que você matou.

— Eu matei um doutor?

— Foi o que você disse. Ontem. Não se lembra?

Ele sorriu. Seus dentes estavam ainda mais amarelos.

— Lembro. Queria ver se você se lembrava.

— Matou ou não matou?

Ele mostrou o copo vazio, ainda sorrindo. Eu precisava pagar pela continuação da história. Fiz um sinal para Hatoum, que veio encher o copo com cachaça. O Polaco olhou para o meu suco de açaí com nojo, depois bebeu um gole da sua cachaça com surpreendente delicadeza. Dedinho esticado. Talvez fosse o primeiro gole do dia e exigisse aquele ritual particular. Perguntou:

— Você me acha com cara de assassino?

Hesitei. Decidi ser mais cauteloso do que sincero.

— Não.

— Você diria que Curtis tinha cara de assassino?

— Quem?

— Curtis. O Doutor.

— Nunca vi o dr. Curtis.

— Nem em fotografia?

— Não. Nunca tinha ouvido falar nele até agora.

— E no entanto foi uma das pessoas mais importantes do século. Um dos maiores assassinos do século. Talvez o maior assassino da história. Depende do resultado final da sua praga.

— Que praga?

— A que começou com as experiências genéticas com macacos, que ele fazia, no Congo, para o programa de guerra bacteriológica do Pentágono e para o Grupo Meierhoff. A que o tornou o cientista mais importante, ou mortal, o que dá no mesmo, do planeta, embora você, por exemplo, nunca tenha ouvido falar dele. Mas as pessoas mais importantes do mundo são justamente as de que a gente não ouve falar. São elas que fazem as coisas acontecerem. Ou desaparecerem, como eu. Você também não sabia que eu existia, sabia?

Comecei a responder, mas ele me deteve com um gesto. Estava estudando o meu rosto. Talvez tentando se lembrar do que já me contara. Depois tomou um segundo gole de cachaça, dessa vez segurando o copo como um pedaço de cano. E continuou:

— O vírus criado pelo dr. Curtis contagiou os nativos na região do Alto Congo, que o levariam para o resto da população até que todo o continente estivesse infectado. Da África, o contágio chegaria ao Oriente Médio, à Índia, à China e a toda a Ásia, à América...

O vírus seria uma arma de extermínio, para ser usada na defesa da civilização branca ocidental da maior ameaça que a esperava, no futuro: a superpopulação do mundo, a proliferação das outras raças, a bomba demográfica que acabaria sugando todos os recursos vitais do planeta. O vírus do dr. Curtis evitaria isso. Teria o mesmo poder devastador de uma reação nuclear em cadeia, mas agiria mais lentamente e sem estragos materiais. Só destruiria gente. Etnias inteiras.

— Imagine a África, com o petróleo e os diamantes mas sem os negros — disse o Polaco. — O Brasil reduzido aos seus poucos brancos, com a população de um condado inglês, e sua principal riqueza natural, a água, preservada para os que precisarão dela, no futuro, mais do que precisarão do petróleo. Ahn? Ahn?

Ele parou outra vez, para ver como eu estava registrando aquilo. Eu continuava sendo o ouvinte perfeito. Atento e quieto. Ele baixou a voz e olhou furtivamente em volta, embora não houvesse mais ninguém no bar além do Hatoum.

— Um vírus que limparia a Terra das raças desnecessárias, das bocas supérfluas, deixando o mundo para a raça branca e seus robôs. A mão de obra barata não significará mais nada, na era pós-pós-industrial. Os miseráveis do mundo serão dispensáveis, mas a sua superfertilidade continuará sendo uma ameaça. Qual é a solução? Exterminar todos os brutos!

E ele deu uma espécie de uivo e começou a bater com os pés no chão, alternadamente. Uma selvagem dança triunfal, sem sair do lugar. Hatoum não aprovou a erupção. O entusiasmo do Polaco pela limpeza étnica do mundo ecoava pelas paredes de ladrilho do bar vazio.

— Espera lá, Polaco!

Eu também não gostara da manifestação do Polaco, e não só porque seu uivo penetrara no meu ouvido sensibilizado pelo chauasca como uma agulha. O começo da história, no dia anterior, me interessara. Mesmo que não fosse verdadeira, prometia ser uma boa história. Possibilidades latejantes. Um estrangeiro bêbado me revelaria os projetos secretos do grupo que dominava o mundo, ou pelo menos uma história pessoal suficientemente interessante para me entreter enquanto o chauasca e os sussurros de seda da Serena se diluíam no meu organismo. Poderia dar no mínimo uma matéria especulativa para impressionar o filho da puta do Alvarinho, cujo principal objetivo na vida era me fazer desistir do jornalismo. Por um instante cheguei a pensar que, atrás de um simples suco de frutas, eu tropeçara numa grande reportagem que poderia muito bem mudar a minha vida. Não seria mau voltar a São Paulo com uma história envolvendo geopolítica, a cobiça internacional pela Amazônia, algo para a editoria geral com possível repercussão internacional. Repórter de futilidades descobre seríssimo caso de violação de soberania nacional revelada por misterioso estrangeiro num bar de Manaus. Reportagem dá prêmios e fama a jornalista desiludido que já pensava em abandonar a profissão e tentar a publicidade. E se não tivesse mais nada, eu teria a história de um grande mentiroso de cara vermelha que se identificava como um dos homens mais importantes do mundo, um assassino que conhecia vinte e uma maneiras de matar com as mãos, além de Baudelaire e Shakespeare, e cuja imaginação, aparentemente, não tinha limites. Delírios paranoicos também podem ser divertidos. Mas aquela história, de uma praga seletiva que acabaria com quase toda a população do mundo, era um delírio racista que não merecia ouvidos, muito menos os meus, superaguçados pelas infusões da doce Serena. Eu só estava incentivando a garrulice da cachaça. Mas não me levantei da cadeira. O ouvinte perfeito continuou ouvindo. E foi esta a história que eu ouvi.

O Grupo Meierhoff não tem uma sede formal. Reúne-se, quando é preciso, numa suíte do Hotel Meierhoff, perto de Vilvoorde, na Bélgica. Mas mantém um discreto escritório atrás de uma loja de bibelôs em Bruxelas com três secretárias que se revezam durante vinte e quatro horas, uma bateria de telefones e uma cafeteira sempre ligada. A única função das secretárias é garantir a comunicação instantânea entre os membros do grupo e sincronizar seus movimentos, convocar as reuniões e, eventualmente, preparar uma das saletas dos fundos para encontros como o que reuniu Jósef Teodor e as duas gravatas naquele dia de verão. Foi assim que o Polaco os descreveu. Dois homens tão magros que quase desapareciam atrás das suas gravatas largas. O Polaco nunca os vira antes, mas eles não tinham nenhuma dúvida sobre a identidade de Jósef, o Míssil, tanto que não perderam tempo com senhas secretas e apresentação de credenciais. Assim que o Polaco entrou na sala, depois de trocar brincadeiras com a secretária de plantão — felizmente era Beranger, a mais moça e bonita, e não a maternal Gundrum, que dirigia os destinos do mundo sem nunca interromper seu tricô, ou a horrorosa Mathilde, que vinha à noite, como uma bruxa —, atiraram um dossiê sobre a mesa e esperaram o Polaco terminar de examiná-lo sem dizer uma palavra. O dossiê continha fotos do dr. Curtis, uma breve biografia e um relato dos seus últimos passos conhecidos. Foi a primeira vez em que o Polaco soube da existência de Curtis. Membros de organizações contratadas como a dele, chamados de "Apagadores", pois seu trabalho era o de eliminar quem o Grupo Meierhoff determinasse, ou "Opositores", pois agiam para as quatro entidades que formavam o grupo como o dedo polegar para os outros dedos da mão, garantindo-lhes a funcionalidade e a precisão, não costumavam ser informados dos planos do grupo. Só entravam em cena para efetivar ou corrigir um plano, com o método que escolhessem. Havia vários "Opositores" em ação no mundo, trabalhando para o grupo. Cada um com seu método. Jamal, o Pequeno Turco, por exemplo, usava estoques feitos de gelo, que derretiam dentro da vítima. Jósef, o Míssil, preferia as mãos. "As silenciosas", como ele as chamava. Gosto das coisas antigas, disse, quando lhe perguntei por que preferia as mãos. Mas isso veio depois.

Naquele dia de verão em Bruxelas ele atirou o dossiê de volta em cima da mesa e ficou esperando que as gravatas falassem.

— Você sabe quem é? — perguntou um dos magros, apontando para o dossiê.

— Não.

— Ele fez um serviço para nós. O Projeto EAB, como o apelidamos.

Em Manaus, depois de olhar outra vez em volta do bar vazio do Hatoum, o Polaco repetiu o nome do projeto como se diria em inglês, a língua que falavam as gravatas. Ib. Projeto Ib. Perguntei o que era o Projeto Ib, mas o Polaco me ignorou. Estava de volta a Bruxelas e era ele que fazia a pergunta para as gravatas.

— Projeto EAB?

— Você não precisa saber o que é — disse o outro magro.

— Só precisa saber que o dr. Curtis fez o seu trabalho muito bem. Bem demais. O projeto fugiu do controle. E agora o dr. Curtis também.

— Como, fugiu do controle?

— Desapareceu. Ninguém sabe onde ele está. Nem a família, nem o Pentágono, nem nós.

— O projeto. Fugiu do controle como?

— Digamos que seu efeito foi um pouco maior do que o previsto. Você viu no dossiê qual era a atividade do dr. Curtis. O resultado do que ele fez está nos noticiários, todos os dias, há algum tempo. Você pode adivinhar o que é. Digamos que suas bactérias não tenham se comportado exatamente como deviam. E nós não sabemos se o dr. Curtis está se comportando como deve. Se venderá seus conhecimentos e a quem. Se teve uma crise de consciência e está pensando em se matar. Ou, pior, em denunciar a nossa participação nas suas experiências, para expiar sua culpa. Não podemos deixar que isso aconteça.

— Ah, *le remors*... — disse o Polaco, para grande admiração das gravatas, para quem Jósef, o Míssil, era obviamente um mito. — E a minha missão é encontrar e eliminar o arrependido dr. Curtis?

— Nós o encontraremos. Você, se for preciso, o matará.

— Notei que o último lugar em que ele foi visto foi Orvieto, na Itália.

— Exatamente. Há uma semana. Prostrado diante de um dos afrescos de Luca Signorelli no interior da catedral. Suspeitamos de uma conversão religiosa, o que é sempre perigoso. Depois, ninguém mais o viu. Ele não voltou ao hotel em que estava hospedado, em Roma. Abandonou o carro alugado com que chegara a Orvieto na frente da catedral. A família o esperava de volta, no Texas, mas ele não apareceu nem deu notícia. Não há registro da passagem dele por nenhum aeroporto ou porto italiano. Não está em nenhum necrotério ou hospital da Itália. Poderia estar, incógnito, num discreto hotel de Orvieto com alguma *ragazza* que conheceu na catedral, mas o dr. Curtis não tem mais idade para isso.

— Se vocês não se importarem, farei minha própria investigação. Começando por Orvieto.

— Faça o que quiser. Mas só precisaremos de você para matá-lo, se se confirmar o pior.

As gravatas autorizaram o Polaco a tratar com a secretária, como sempre, os detalhes de tudo de que precisaria para sua missão. O adiantamento depositado na conta suíça, as passagens, identidade falsa se fosse preciso. Ele deveria trabalhar com a discrição de sempre. Apertaram a mão do Polaco com a devida reverência e retiraram-se através da loja de bibelôs. Beranger riu muito quando o Polaco fingiu que queria agarrá-la, depois que ficaram sozinhos, dizendo que ela era a segunda mulher da sua vida depois da Rosa. E finalmente dizendo que, já que lhe negava seu corpo, que pelo menos lhe desse um bom café.

— Rosa?

Os olhos injetados do Polaco tinham começado a perder o foco. A cachaça aos poucos assumia o seu domínio crepuscular sobre o homem vermelho.

— Ahn?

— Quem é Rosa?

— Minha mulher.

— Onde ela...

— Você não quer saber. Hatoum! Este copo esvazia a toda hora. Traga outro.

Ele fixou-se, com um esforço, no meu rosto. Perguntou:

— O que você faz?

Esquecera o que eu lhe dissera no dia anterior.

— Sou jornalista.

— Você não toma notas? Tome notas. Escreva esta história. Faça um livro. Você não se dá conta do que eu estou lhe dando?

E para Hatoum, desanimado:

— Ele não se dá conta...

— Deixa o moço em paz, Polaco.

Pelo resto daquela tarde, enquanto o bar enchia e ele esvaziava sucessivos copos de cachaça que Hatoum diligentemente registrava, o Polaco esqueceu sua história e se concentrou no destino que teria o meu livro, se eu fosse inteligente o bastante para escrevê-lo. Eu não precisaria usar o seu nome verdadeiro, desde que acertássemos a divisão dos direitos autorais. Poderia usar um pseudônimo. O Míssil. Apenas "O Míssil". Ou "O Apagador". Ou "O Opositor". Muitos "Opositores" trabalhavam para o Grupo Meierhoff, o mundo não sabia quantas mortes inexplicadas ou aparentemente acidentais se deviam à ação de operadores, contratados pelo grupo, cuja função era fazer coisas acontecerem ou pessoas desaparecerem. E ele era o melhor de todos os Opositores. Melhor até do que Jamal, o Pequeno Turco, outra legenda no mundo dos assassinos. Era o Polaco que chamavam para as missões especialíssimas. Contou que trabalhara inclusive no Brasil e influenciara a história política do país de maneiras que eu nem imaginava. Eu conhecia Juscelino Kubitschek? Um dia ele me contaria a verdadeira história da morte de Juscelino Kubitschek. Mas não quis dar detalhes. Concentrou-se no ator que faria seu papel, depois que o livro fosse um sucesso e o transformassem em filme. Ele queria ser... Como era mesmo o nome daquele ator? Um inglês. Perguntei qual era a sua nacionalidade. Ele não me respondeu. Passou a me dar instruções detalhadas sobre como escrever o nosso livro, como passar a história dele para o papel. Eu teria que melhorar seu português, claro. O tempo dos verbos, os pronomes. Poderia, como ele disse, "romancear um pouco", transcrever seu relato na forma de um romance, com diálogos, mesmo que fosse preciso inventá-los. O importante era a história, a maior história dos nossos dias, pois tratava do fim dos nossos dias. Eu entendia? Era a maior história de todos os tempos porque era a história do fim dos tempos.

Como no dia anterior, ele foi se tornando mais incoerente à medida que a tarde caía, e quando Hatoum acendeu as luzes do bar, ele já deitara a cabeça num braço estendido sobre a mesa. Sua última palavra do dia, antes de dormir, foi "Rosa", acompanhada de um grunhido.

Perguntei a Hatoum como ele aparecera no bar. Simplesmente apareceu, disse Hatoum. Há cinco anos. Tinha outra cara, então. Estava em farrapos e com os pés muito inchados. Os pés, nus, cobertos de barro e sangue endurecidos, pareciam botas. Pediu um suco, disse que não tinha dinheiro para pagar o suco e perguntou se Hatoum teria um emprego para ele no bar. Hatoum não tinha um emprego para lhe dar. Por que ele escolhera aquele bar? Hatoum não sabia. Por acaso, imaginava. Como eu. Naquela noite, dormira na calçada em frente ao bar fechado. Quando Hatoum chegara de manhã, o Polaco entrara com ele no bar, escolhera sua cadeira e não a largara mais.

— Você disse que ele pediu um suco?

— É. Ele não bebia nem cerveja. A cachaça veio depois.

— Ele tem documentos, passaporte, essas coisas?

— Guarda uma espécie de trouxa lá atrás. Acho que tem um passaporte e alguns papéis. Nunca vi.

— Você nunca se interessou em saber da vida dele?

Hatoum deu de ombros. Nunca.

— E essa história que ele conta?

— Eu nem ouço mais.

— Ele conta a mesma história para todos?

— Conta. Mas você foi o único que prestou atenção.

SERIGUELA

O ar paira sobre outras cidades, mas senta em cima de Manaus. Acordei encharcado, depois de um sonho encharcado, com o telefone tocando. Antes de dormir, ligara para a redação em São Paulo, fizera uma recapitulação da minha pesquisa sobre alucinógenos da floresta até ali (entre os braços bicolores da Serena, mas isso eles não precisavam saber) e mencionara minha segunda conversa com o Polaco. Para alertar que talvez precisasse de um reforço de verba, pois a cachaça do bêbado estava me saindo cara. O filho da puta do Alvarinho apenas dera uma risada. Mas agora estava ao telefone com outra voz, quase respeitosa, me dizendo que ninguém descobrira nada sobre um Grupo Meierhoff ou um americano chamado Curtis envolvido em pesquisa bacteriológica, nos arquivos do jornal. Comecei a dizer que não fazia mal, que era tudo uma maluquice mesmo e que esquecessem, quando o filho da puta do Alvarinho me interrompeu e disse que o Múcio queria falar comigo. O Múcio?! O velho e gordo assessor da diretoria do jornal que às vezes escrevia o editorial ou um artigo assinado cheio de graves ponderações sobre política internacional, usava suspensórios e nem sabia que eu existia queria falar comigo?!

— Alô?

— Sim senhor, dr. Múcio. Eu...

— Meu rapaz, me diga. De onde você tirou essa história?

— Essa...

— Essa história do Grupo Meierhoff, do Curtis.

Contei do encontro no bar, dos dois dias ouvindo o Polaco, da minha conclusão de que era tudo uma maluquice, a cachaça falando.

— É, é, uma maluquice — concordou o Múcio. — Mas me diga outra coisa. Como é o nome desse polonês bêbado?

— Jósef Teodor. Não sei se é o nome verdadeiro. Nem sei se ele é mesmo polonês.

— Certo. Muito bem. Como é mesmo o seu nome?

Disse o meu nome. Disse que já tinha o material que viera buscar em Manaus. Fotografias, tudo. E estava pronto para voltar. O Múcio recomendou que eu ficasse mais uns dias em Manaus. E que continuasse conversando com o polonês bêbado. O jornal garantiria as despesas. Eu estava precisando de alguma coisa?

Ar-condicionado, pensei. Mas não disse. Disse:

— Não, não, eu...

— E olhe: tire uma foto do Jósef Teodor e me mande assim que der. Para mim, aqui no jornal. Pessoalmente.

— Certo.

O que era aquilo? Não havia nada nos arquivos do jornal sobre as maluquices do Polaco, que eram obviamente invenções, a cachaça falando, mas era para eu continuar a ouvi-

-las? O jornal estava interessado nas maluquices do Polaco? Ou, pelo menos, o Múcio estava interessado? Por quê? Quando cheguei ao bar aquela tarde, vi o Polaco conversando com um casal numa mesa. O bar ficava perto de mais de um hotel, seus sucos atraíam os turistas, o casal que conversava com Jósef parecia ser de franceses. Os dois tinham a cara de quem não está entendendo nada do que ouve mas não quer ser descortês. Faziam que "sim" com a cabeça, diziam "uuu" e às vezes se entreolhavam, para ver se um tinha entendido o que o outro perdera. O Polaco falava com o polegar levantado. Obviamente, estava contando a história das suas missões para o Grupo Meierhoff. Ele era o Opositor, o que agia como um polegar para os quatro dedos que tinham todo o poder do mundo. Era ele que fazia as coisas acontecerem, ou desaparecerem. Esperei que o casal fosse embora com uma ponta de ciúmes. Afinal, aquela era a minha história. O Polaco finalmente se dirigiu para a mesa em que eu tomava meu suco de seriguela ("Para perplexidades diante da vida e dos homens", dissera Hatoum, interpretando a minha cara vespertina) e parou no meio do caminho quando viu que eu ia fotografá-lo. Por alguma razão, quis ser fotografado cantando:

"*Rosa, my Rosa...*"

Depois veio para a mesa em passos de dança, arrastando a sua cadeira. Um espetáculo horrível. Pela primeira vez, notei que ele estava descalço. O que eu julgara serem botas eram pés inchados e pretos.

— Quem é Rosa? — perguntei.

— Não lhe interessa. Hatoum! Meu copo furou!

— Você conta a mesma história para todos?

— Com variações.

— Na variação de hoje, você mata ou não mata o dr. Curtis?

Seus dentes amarelos fizeram a primeira aparição do dia.

— Hoje eu estou de bom humor. Mato.

Hatoum encheu seu copo de cachaça e o Polaco o esvaziou de um gole.

Segurou o braço de Hatoum para impedi-lo de se afastar e pediu que enchesse o copo de novo. Parecia mesmo animado. Ou com pressa para ficar inconsciente mais cedo. Eu ainda não o ouvira dizer que seu objetivo era ir se desmanchando aos poucos, como um cavalheiro.

— O que o dr. Curtis estava fazendo na Amazônia quando você o matou?

O Polaco fingiu que procurava alguma coisa em mim. Me examinou com cuidado. Olhou embaixo da câmera sobre a mesa. Olhou até embaixo da mesa. Depois perguntou:

— Você não toma notas? Não tem um gravador? Nada?

— Tenho boa memória.

— Você precisa escrever exatamente o que eu digo. Com as vírgulas no lugar certo. As vírgulas são importantíssimas. Dinastias já caíram por causa de vírgulas malpostas.

Tinha esquecido que me autorizara a corrigir seu português e romancear a sua história.

— Seu nome é Jósef Teodor mesmo?

Ele hesitou, depois respondeu:

— Digamos que sim.

— E Curtis? O que estava fazendo na Amazônia?

Ele alisou um mapa imaginário sobre a mesa. Depois usou o dedo para traçar uma figura numa extremidade do mapa. O triângulo outra vez.

— Amazonas, Negro, linha do Equador.

O dedo deslizou pelo tampo da mesa até a outra extremidade. Tinha atravessado o oceano Atlântico. Descreveu um semicírculo e traçou uma linha reta embaixo.

— Curva superior do rio Congo, linha do Equador.

Depois ele ficou me olhando, como se as duas figuras explicassem tudo.

— E? — perguntei.

— Começou aqui — disse o Polaco, batendo com o dedo no lado africano do seu mapa implícito.

No Congo, Curtis inoculara macacos com o seu vírus mortal. Sua experiência fazia parte do programa de guerra bacteriológica do Pentágono, mas ele também trabalhava para o Grupo Meierhoff. O Pentágono queria uma arma química para efeito imediato, o Grupo Meierhoff pensava a longo prazo. Não na próxima guerra, mas na batalha final pela Terra que fatalmente viria. Era para isso que existia o Grupo Meierhoff. Curtis fizera bem seu trabalho. Bem demais. A praga começara a se alastrar entre os nativos contagiados pelos macacos, como ele previra. Curtis voltara para Fort Detrick, no Texas, onde o Exército americano tem seu principal laboratório para a guerra biológica e onde ele cultivara o vírus que levara do Congo, e depois soltara no Congo para cumprir sua tarefa profilática. Antes, passara por Vilvoorde para apresentar, numa reunião do Grupo Meierhoff, o relatório completo do seu trabalho para o Pentágono, com apoio e dinheiro do grupo.

— Foi então que eu o conheci — disse o Polaco.

— Você disse ontem que não o conhecia, antes de ver seu dossiê.

— Não disse.

— Disse.

— Como você pode ter certeza, se não tomou nota? Se não gravou nada? Se é um jornalista incompetente? Claro que eu conhecia o dr. Curtis. Eu e Rosa fomos convidados a uma recepção em sua honra no Hotel Meierhoff. Eu recém tinha voltado do Brasil, onde fiz um trabalho importantíssimo para o grupo. Eles queriam mostrar seu reconhecimento pela minha competência. Era raro convidarem um Opositor para uma festa do grupo. Seria impensável convidarem alguém como Jamal, o Pequeno Turco, por exemplo. Ele mijaria no balde do champanhe. Mas eu fui. E disseram para ir com a Rosa, que eu tinha levado do Brasil.

Pensei em comentar que era estranho um grupo fechado e ultrassecreto como o Meierhoff dar festas, ainda mais em homenagem a cientistas que empregava clandestinamente, e convidar seus assassinos contratados e suas novas mulheres, mas desisti ao ver o olhar perdido do Polaco. Ele estava longe dali quando disse:

— Eu era mais moço e ainda mais parecido com o ator inglês, aquele. E foi a primeira vez em que a Rosa foi a um coquetel. Estávamos lindos.

— A Rosa era...

— Não lhe interessa. Hatoum! Minha cachaça evaporou!

O bar estava movimentado naquele terceiro dia. Vez ou outra alguém batia no ombro de Polaco e o saudava com simpatia. "Aí, Polaco!" Outros ficavam nos olhando do balcão, divertindo-se conosco. O Polaco maluco fisgara mais um para ouvir as suas histórias e pagar a sua cachaça... Aquele espetáculo reincidente devia ser uma das atrações do bar. O Polaco voltara à sua narrativa.

Tinha sido apresentado a Curtis no coquetel. Ficara impressionado com o seu olhar inteligente e sua cortesia. Não sabia o que, exatamente, ele estivera fazendo na África. Sabia que era um gênio. Quando perguntara qual era seu trabalho, Curtis sorrira e dissera uma frase que o Polaco não entendera na hora. *"Exterminate all the brutes."* "Exterminar todos os brutos." Depois beijara a mão da Rosa e dissera: "Para que você e esta adorável moça possam viver felizes para sempre".

Os olhos azuis e vermelhos do Polaco estavam postos no passado outra vez. Era difícil dizer o que era lágrima e o que era a aquosidade normal naqueles olhos de bêbado. Fosse quem fosse a Rosa, ele a perdera. A descoberta de que o monstro ruivo tinha um coração era desconcertante.

Ele se recompôs e continuou:

— Só vi o Curtis outra vez quando o localizei na nascente de um afluente de um afluente de um afluente de um afluente de um afluente do rio Negro. Anos depois.

— E o matou.

— Digamos que sim.

— O que ele estava fazendo na Amazônia?

O dedo do Polaco viajou outra vez sobre o tampo da mesa. Atravessou o oceano Atlântico de volta à Amazônia. Bateu no lugar da mesa onde antes desenhara o triângulo.

— Veio para cá confirmar uma revelação. A de que o antídoto para o seu vírus estaria aqui. De que ele o encontraria e salvaria a humanidade da praga que ele mesmo criara. De que aqui, neste triângulo (Negro! Amazonas! Equador!), havia algo mais valioso do que pirâmides de ouro, rios de diamantes ou petróleo: o contraveneno para a epidemia que ameaçava acabar com toda a população da Terra.

Pois algo dera errado. O vírus produzido no Alto Congo que só infectaria etnias com formações celulares específicas e sistemas imunológicos peculiares, conforme uma teoria revolucionária de Curtis, tinha se transmutado e estava contagiando todas as raças, sem discriminação. O erro destruía a premissa que ocupara toda a vida profissional de Curtis, e que era responsável pela sua contratação pelo programa de guerra bacteriológica do Pentágono em Fort Detrick e pelo apoio do Grupo Meierhoff. A de que havia uma anomalia imunológica que correspondia exclusivamente à pele clara, e que seria possível criar um vírus que infectasse todas as outras raças, exterminasse todos os brutos e poupasse a raça branca, garantindo-lhe o domínio do planeta, mesmo com a sua baixa taxa de natalidade. Pois, como o Polaco já me dissera mais de uma vez, com seus dentes amarelos a centímetros da ponta do meu nariz, a guerra demográfica era a única que o Ocidente não tinha como vencer, a não ser envenenando o inimigo em segredo. Com o aparecimento das primeiras vítimas brancas da praga que desencadeara, Curtis se convencera de que, se um antídoto ou uma vacina não fossem desenvolvidos, a espécie humana estaria condenada. Cedo ou tarde, todos morreriam na pandemia. Todos. Pensando ter descoberto uma arma bacteriológica especialmente letal para a inevitável guerra que viria pelos recursos minguantes da Terra, Curtis e o Grupo Meierhoff tinham decretado a morte de todos. E o seu próprio suicídio.

— O que o dr. Curtis estava fazendo na Amazônia? — respondeu, finalmente, o Polaco. — Estava atrás da salvação. Da sua espécie e da sua alma.

Depois que se confirmara que o vírus estava infectando a todos e se alastrando pelo mundo, Curtis abandonara a ciência. Tomado pelo desespero, lançara-se numa peregrinação mística. Antes, não acreditava em religião ou qualquer forma de metafísica. Mas passara quarenta dias percorrendo, com sua mulher, Alice, os lugares sagrados do mundo, de Katmandu a Chartres, como se quisesse pedir perdão a todos os deuses pessoalmente, cara a cara. Depois voltara para sua casa perto de Fort Detrick, com uma pensão do Exército, uma generosa doação do Grupo Meierhoff e instruções para esquecer tudo e dedicar-se à jardinagem ou ao golfe. Em vez disso, entregara-se a leituras sobre ocultismo e a cabala, textos gnósticos e especulações sobre mistérios antigos. Como o do labirinto e o dos símbolos esotéricos que vira no chão da catedral de Chartres, na sua peregrinação. Alice ouvira-o dizer que no chão da catedral de Chartres estava a solução que procurava, mas que não conseguira interpretá-la. "O segredo é o triângulo", dissera. "O triângulo." Passara anos recluso na sua casa, recusando-se a ler qualquer notícia sobre os avanços da sua praga, sob os cuidados da fiel Alice, que recebia visitas regulares de psicólogos do Exército para saber como ele estava e era paga pelo Grupo Meierhoff para mantê-los informados sobre o seu comportamento. Curtis recusava-se até a pôr açúcar no próprio café, dizendo: "Eu posso estar querendo me envenenar". E fora lendo um dos textos esotéricos em que, conforme confidenciara a Alice, procurava indícios de que sua existência e sua ação no mundo eram preordenadas, seu crime estava previsto e sua culpa podia ser compartilhada com os astros ou algum desígnio obscuramente manifesto nas remotas origens da ciência, na madrugada mística da humanidade (frase do Polaco, seguida de uma pausa para ver o que eu achava dela), que Curtis tivera a revelação que acabara com a sua depressão e levara ao seu desaparecimento repentino. Alice não estava certa, mas achava que tinha algo a ver com certos murais sobre o fim do mundo pintados por Luca Signorelli na catedral de Orvieto. Ela se lembrava de vê-lo apontando para um rosto numa reprodução de uma das pinturas do mural e gritando "Sou eu! Sou eu!".

Um dia Alice acordara com um telefonema de Curtis do aeroporto de Fort Worth. Ele saíra de casa sem ser visto no meio da noite e estava embarcando, sozinho, para a Itália. Iria a Orvieto. Alice não precisava se preocupar, mandaria notícias. E não mandara mais notícias. Desaparecera. Alice avisara ao Grupo Meierhoff antes de avisar ao Pentágono e à família. O Grupo Meierhoff fizera uma reunião de emergência, contatara Jósef, o Míssil, e instruíra Mathilde, a bruxa, a preparar seu encontro com as duas gravatas em Bruxelas.

— Hatoum! Não se esqueça de mim!

Hatoum trouxe a garrafa de cachaça para reencher seu copo, sacudindo a cabeça. Aquele Polaco...

Sua busca por Curtis começara em Orvieto. Agentes do Grupo Meierhoff já tinham estado na cidade, vasculhado tudo, entrevistado o padre que vira Curtis prostrado diante de um dos murais de Signorelli, o que retrata as ações do Anticristo que precederiam o Apocalipse, e todos que poderiam ter visto o americano dentro ou perto da catedral, não esquecendo de procurar o hipotético hotelzinho em que Curtis estaria escondido do mundo com uma improvável *ragazza* — ou um *ragazzo*, por que não? O Polaco não procurou nada, não interrogou ninguém. Entrou na catedral abrindo caminho entre um grupo de jovens reunidos nos degraus da porta principal e sentou-se num dos bancos perto do mural do Anticristo. E esperou. Fez a mesma coisa durante quatro, cinco, seis dias, levantando-se apenas para comer alguma coisa e usar o banheiro num bar ao lado da catedral, sempre passando pelo mesmo grupo de jovens, e depois voltar, ou para examinar, a intervalos, um detalhe do mural mais de perto, fazendo questão de que seu interesse incomum pela pintura fosse notado. Um bom Opositor, disse o Polaco, não precisa apenas saber matar, também precisa saber esperar. Precisa saber quando ser conspícuo e inconspícuo. Não me ocorreu, na hora, perguntar como alguém com o tamanho e a complexão daquele gigante vermelho poderia, um dia, ser inconspícuo. Eu estava fascinado pela sua história. As perguntas viriam depois.

Jósef, o Míssil, viu a igreja encher e esvaziar várias vezes durante o dia, e grandes grupos se formarem na frente dos murais, que são a principal atração turística de Orvieto, e ouvirem o guia descrever seu significado. No sétimo dia notou que uma moça entrara cedo na catedral e ficara, como ele, sentada num banco, virada para o mural do Anticristo. Uma moça de cabelos e olhos claros e pele quase transparente. Ela ficara o dia inteiro, como ele. Numa das vezes em que ela levantou-se para estudar um detalhe da pintura, o Polaco fez o mesmo. Postou-se ao seu lado diante do canto inferior esquerdo do mural, onde aparecem duas figuras. O Polaco passara sete dias ouvindo a explicação didática dos guias, sabia quem eram as figuras. A da esquerda era um autorretrato de Signorelli. A da direita era Fra Angelico, que antecedera Signorelli na decoração da catedral e recebia o reconhecimento do mestre. O Polaco viu que o olhar da moça se fixara num ponto da pintura. O polegar esquerdo erguido de Fra Angelico.

O polegar esquerdo de Fra Angelico. Onde eu já ouvira aquilo? Foi então, claro, que uma voz de seda se intrometeu no relato do homem vermelho. Serena. E eu comecei a desconfiar que os sucos do Hatoum, em vez de dissiparem a névoa produzida pelos chás da Serena e o calor de Manaus, a engrossavam, e que eu não sairia de Manaus com o mesmo cérebro com que chegara, séculos antes. Tomei outro gole do meu suco. Seriguela para a perplexidade!

Em Orvieto, o Polaco manteve-se em silêncio, olhando para o mesmo ponto que atraía os olhos claros da moça. Dali a pouco, sem olhar para ele, a moça perguntou, em inglês:

— Você concorda?

O Polaco improvisou. Um Opositor também tem que saber improvisar.

— Não sei. Eu... sei pouca coisa a respeito.

— Não está claro? — disse a moça, indicando o polegar erguido de Fra Angelico. — O que ele está dizendo sobre tudo isto?

Seu gesto ampliou-se, abrangendo todos os murais da igreja. "Tudo isto" era o fim do mundo. Foi então que o Polaco notou que ela não tinha os dedos polegares.

— Pois é... — disse o Polaco. Ou o equivalente em inglês.

— Vi que você passou o dia inteiro aqui, hoje — disse ela.

— Você também passou.

— Ontem também. E anteontem. E no dia anterior...

— Nos outros dias eu não vi você.

— Mas eu estava aqui. Vendo você.

O inglês não era a sua língua natural. Ela tinha um sotaque nórdico.

— Me vendo? Por quê?

Ela não respondeu. Sorriu. E fez uma coisa estranha. Envolveu o pescoço do Polaco com as duas mãos mutiladas. Quatro dedos de cada lado. Se tivesse os polegares, poderia estrangulá-lo. Ele não a vira na igreja nos dias anteriores, mas ela estava lá. Se quisesse atacá-lo de surpresa, o faria.

Mas sem os polegares seu gesto só poderia ser de carinho, como aquele. Quatro dedos de cada lado do pescoço, um carinho à traição. Então ela revelou que era uma *"Allertata di Fra Angelico".* Que pertencia à seita dos que tinham entendido a mensagem do polegar erguido de Fra Angelico, pintado por Signorelli. O esquerdo, o sinistro. Qual era a mensagem? Não estava claro? O polegar era a causa, o começo, o culpado de tudo que as pinturas da catedral retratavam de forma tão impressionante. Era a ferramenta preferida do Anticristo. Sem o desenvolvimento do dedão opositor, o homem ainda seria um animal simples, não um aniquilador de espécies e de mundos. Renunciando ao polegar, o homem renunciava à sua civilização autodestrutiva, à agressividade, à indústria e à ciência — o homem redimia-se da sua própria história, repudiava a sua própria evolução e apresentava-se para o julgamento final corrigido, e inocente. Corrigidos. Aquele era o outro nome dos membros da seita, além de *"Allertati"* de Fra Angelico. Corrigidos. Quando, no Fim, Deus selecionasse entre os que subiam ao céu para encontrar o Senhor nos ares, como está na Bíblia, na primeira carta de são Paulo aos Tessalonicenses, daria prioridade aos Corrigidos. E a moça movera suas mãos suavemente, segurando o rosto do Polaco como se fosse beijá-lo na boca, e repetira:

— Você concorda?

E Jósef, o Ator, gritara:

— Sim! Sim!

E declarara que finalmente descobria o que o atraía tanto naquela pintura, o que o levara a voltar à catedral dia após dia, como se algo no mural de Signorelli o chamasse de volta, para lhe revelar alguma coisa. Era o polegar erguido de Fra Angelico. Era o alerta. Sim, sim, agora ele via.

— Hatoum! Este copo está com defeito. Traga outro. Cheio.

Dava para ver quem era turista e quem era frequentador do bar do Hatoum.

Os turistas riram do pedido do homem vermelho, que reverberara nos ladrilhos. Os outros estavam acostumados. Velho Polaco... E eu tentava imaginar como Serena, a doce Serena, que também não tinha os polegares, entraria naquela história que ele, claro, estava inventando à medida que contava. Ou talvez não.

A moça de olhos claros falava como um guia, como se tivesse tudo decorado, mas com a intensidade de um pregador. Durante anos, desde que os murais da catedral de Orvieto ficaram prontos, no começo do século XVI, discutira-se o significado do curioso gesto de Fra Angelico que Luca Signorelli colocara em pé, ao seu lado, no canto esquerdo inferior do seu mural sobre as ações do Anticristo. Fra Angelico, que iniciou a decoração da catedral no século XV, parece estar apontando para os outros murais, que mostram o terror do fim do mundo. Mas o seu dedo indicador tem menos relevância do que o polegar erguido. A posição da mão não é natural, só pode ser explicada pelo desejo de realçar o polegar, com que Fra Angelico revela ao seu sucessor a causa, o começo, o culpado da danação humana. E para que a mensagem fique mais clara, os dois estão pintados, em primeiro plano, no mural do Anticristo. O Opositor de Cristo. O Sinistro. Sem o polegar, o Homem não teria sucumbido à sedução do Sinistro. Sua mão não seguraria os instrumentos que lhe dariam a ciência e a indústria e a inspiração para desafiar os céus. Ou a arma com que mataria seu semelhante. Ou o martelo com que pregaria Cristo na cruz. E no fim a moça de olhos claros dissera, ainda segurando o rosto do Polaco entre as mãos:

— Venha ser corrigido. Você quer?

— Quero. Quero!

— Então vamos. Venha conhecer o Mestre.

— Onde? Como?

Ela o puxara pela mão. Ele fingira que hesitava.

— Eu vim de carro alugado, de Roma...

— Seu carro fica aqui. Nós levaremos você.

— Para onde?

— Para a salvação.

— Onde?

— Venha, venha.

Antes de sair da catedral levado pela moça de olhos claros, o Polaco olhara para trás e vira um detalhe que lhe escapara, em todos os seus dias de espera diante do mural. Um dos desencaminhados pelo Anticristo tinha mesmo a cara do dr. Curtis quando jovem. O Anticristo parecia dar-lhe instruções no ouvido esquerdo. E ao sair da igreja, pela primeira vez o Polaco notou que nenhum dos jovens do grupo sentado nos degraus tinha os dedos polegares.

— Hatoum! Mais cachaça!

— E então?

— Então o quê?

O Polaco estava começando a desaparecer outra vez na sua própria névoa. Ele nunca chegava acordado ao anoitecer. Dessa vez, Hatoum ignorou seu pedido.

— Para onde a moça levou você?

— Ela, a lugar nenhum. O trabalho dela estava feito. Me botou num carro dirigido por um italiano silencioso e demente que, felizmente, tinha todos os dedos da mão. Senão, não sei como teríamos descido o caracol que leva de Orvieto à autoestrada. Andamos por alguns minutos pela autoestrada, depois pegamos uma estrada secundária, depois uma alameda entre ciprestes que dava numa grande casa antiga, onde eu desci.

— E depois?

Mas o Polaco não respondeu. Estava tentando levantar-se para ir reclamar do descaso de Hatoum no balcão. Não conseguiu. Olhou para mim, mostrou os dentes amarelos e, com os olhos quase fechando, perguntou:

— Você está tomando nota?

Foi a última coisa inteligível que disse naquele terceiro dia. Começou a declamar alguma coisa numa língua que não identifiquei. Depois tentou cantar *"Rosa, my Rosa"*, mas desistiu. Em pouco tempo estava com a cabeça no topo da mesa e os braços pendendo de cada lado da cadeira. Antes de dormir, ergueu a cabeça e disse: "E no centro do labirinto encontramos nossa alma assassina". Hatoum veio perguntar se eu queria mais suco de seriguela. Recusei. Precisava ir para o hotel e escrever enquanto ainda tinha um mínimo controle sobre os meus neurônios.

No hotel encontrei um recado de um certo Arides, pedindo para telefonar a qualquer hora. Um número local. Arides me disse que era da Varig e fora incumbido pelo dr. Múcio de perguntar se eu já tinha as fotos. Não sabia que fotos eram, só estava transmitindo o recado. Se a resposta fosse positiva, passaria no hotel na manhã seguinte para pegar o filme e mandar para São Paulo. A resposta foi positiva. Naquela noite sonhei que era uma vitória-régia boiando no meu próprio suor.

BURITI

"Gögre, gögre." A Serena goza em dinamarquês. E diz que seu lado indígena é que é o seu lado frio. O que fica à parte, analisando a reação do seu lado dinamarquês ao uasca e às outras ervas e frutas que usa nas suas infusões, e ao calor de Manaus, e às nossas contorções sobre o seu colchão. Eu não sei que ruído faço quando gozo sob efeito do chauasca. Não me ouço, ouço o Amazonas e o mar se encontrando como se fosse dentro do meu peito, numa pororoca bronquial. Ouço a mata e a cidade, ouço o "gögre, gögre" da Serena misturado ao tilintar das estrelas, mas não me ouço. A Serena diz que a minha impressão de que levitamos juntos durante o orgasmo é só isso, impressão. É o chauasca. Seu lado indígena não me deixa delirar além da conta. Procurei Serena assim que cheguei a Manaus porque tinham me informado que ninguém sabia mais sobre ervas e frutas alucinógenas da Amazônia do que ela. Imaginava uma doida ou uma acadêmica séria e murcha, não esperava encontrar alguém assim, uma jovem bifurcada e linda, com um lado mais bonito do que o outro. Ela tinha me guiado por Manaus e o seu comércio de ervas e frutas exóticas e no terceiro dia me convidara a provar o chauasca sobre o seu colchão, e naquela mesma tarde eu ouvira o seu "gögre, gögre", como um som de gargarejo no fundo de um poço, e depois do amor a explicação de que ela não garantia o trema, pois guardara pouco do dinamarquês do seu pai. E eu agora lhe perguntava pelos polegares que ela não tinha, para saber como ela entrava na história do Polaco. O que era mesmo que ela dissera sobre o polegar esquerdo de Fra Angelico?

Naquela manhã eu entregara o rolo de filme ao Arides, da Varig, que o mandaria no primeiro avião para São Paulo. Eu não tinha ideia de qual era o interesse do dr. Múcio no Polaco, mas segui suas instruções: enderecei o envelope do hotel com o rolo do filme dentro a ele, pessoalmente. No caminho do hotel para a casa de Serena tivera a sensação de estar sendo seguido. E agora estava ali, lado a lado com Serena sobre o seu colchão, os dois nus, eu todo suado, ela suada só do lado dinamarquês, e ela me contando, com sua voz de seda, uma parte da sua vida que ainda não tinha contado, e que eu me esforçava para ouvir acima do som dos ventos que desciam assobiando dos Andes, corriam sobre a floresta e giravam dentro da minha cabeça, junto com o som de mil cachoeiras.

Em todo o mundo são oito os portais, oito as saídas, oito as vias em que os Corrigidos ascenderão ao céu quando vier o Fim. Oito, um para cada dedo que sobrava nas mãos dos Alertados de Fra Angelico. Um desses pontos fica na Amazônia, no triângulo místico formado pelos rios Amazonas e Negro e pela linha do Equador — e Serena traçou o triângulo com seu dedo indicador na minha barriga, o Equador cruzando meu umbigo e o Amazonas e o Negro encontrando-se numa Manaus perdida entre meus pelos pubianos, misericordiosamente na sombra. Os Corrigidos formavam uma colônia na floresta, sobrevivendo com o que podiam cultivar e construir com suas mãos mutiladas, exagerando sua dificuldade em viver sem o polegar, deixando cair potes e utensílios com grande estardalhaço para que Deus ouvisse e notasse que tinham renunciado aos instrumentos do Anticristo. O pai de Serena, o dinamarquês, que viera para a Amazônia estudar suas ervas e suas frutas e ensinara a Serena tudo que ela sabia, aderira à seita depois de tomar muito suco de sapiri, que hipnotiza, mata ou faz esquecer, dependendo do espírito de quem bebe. O pai de Serena era um cientista, mas estava na Amazônia para ser enfeitiçado, ou também carregava uma grande culpa no espírito. Mandara cortar os polegares da sua única filha, depois que cortassem os seus, para que ela também ficasse inocente aos olhos de Deus, mas não conseguira convencer sua mulher indígena, que não tinha mais paciência com estrangeiros enfeitiçados pela Amazônia e, segundo Serena, hoje é uma respeitada antropóloga em Copenhague, a fazer o mesmo. O pai de Serena ainda vivia? Não, disse Serena. Ele chegara a ser o líder da colônia de Corrigidos no triângulo místico, mas morrera num incidente envolvendo um americano e um estranho homem vermelho, na nascente de um afluente de um afluente de um afluente do Negro. Serena abandonara a colônia depois da morte do pai.

Na rua, no caminho entre o colchão da Serena e o bar do Hatoum, olhei para trás três ou quatro vezes. Que sensação estranha era aquela? Por que alguém estaria me seguindo?

Podia até ouvir os seus passos, misturados no meu cérebro com os sons de um temporal em Rondônia e tambores Deus sabia onde.

Mas não conseguia vê-lo.

— Suco de buriti — disse Hatoum, enchendo o meu copo. — Para limpar os canais. Para melhor ouvir histórias.

— Onde está o nosso homem?

Hatoum apontou com o queixo para uma mesa cercada por várias pessoas de pé. O Polaco tinha conseguido atrair uma pequena multidão. Estava sentado na sua cadeira e fazia o gesto de quem estrangula alguém. Aproximei-me do grupo, mas não pude entender o que ele contava. O vento dos Andes ainda circulava entre meus ouvidos. Parecia ter algo a ver com a sua participação na morte da princesa Diana, o que explicaria o interesse da plateia. Quando finalmente arrastou sua cadeira para a mesa em que eu o esperava pacientemente, estava sorrindo, triunfante. E segurava o copo vazio acima da cabeça, certo de que não precisaria chamar Hatoum para recompensar o seu sucesso de público. Hatoum não demorou a encher o copo de cachaça do Polaco. Ele merecia.

— Charles *something*.

— O quê?

— O nome do ator inglês que se parece comigo. Ou Howard? Howard *something*?

— Não sei.

— Onde nós estávamos, ontem?

— Chegando a uma grande casa antiga, perto de Orvieto, onde você iria encontrar um Mestre. Você desceu do carro.

— Perto de Orvieto?! A quilômetros de Orvieto.

— Você disse poucos quilômetros.

— Não disse. Você precisa começar a tomar notas. Longe de Orvieto. Na Suíça.

— Onde, na Suíça?

— Não interessa. Na Suíça.

O Polaco fora recebido na porta de um casarão de pedra em algum lugar da Suíça por uma senhora sem os polegares e vestindo um camisolão branco que, depois de dar dinheiro ao motorista italiano, que em seguida partira numa nuvem de cascalho sem dizer uma palavra, o convidara a entrar. Desculpando-se. Dizendo que o Mestre recebia a todos, a qualquer hora, mas no momento estava ocupado. Sugerindo que o Polaco ficasse na saleta de entrada e aproveitasse para ler um pouco da literatura da seita. Ou para descansar. Sabia como era fatigante a viagem de Orvieto até ali. O Polaco perguntara se aquilo era comum, as pessoas chegarem assim, diretamente da catedral de Orvieto, sem mala, sem escova de dentes, sem nada, e a senhora respondera que sim, sim, alguns nem precisavam ouvir a preleção da moça de olhos claros e pele transparente que ficava na catedral e prospectava novos membros para a seita. Já tinham lido os livros do Mestre, ou sabido da sua epifania em Orvieto, e entravam na catedral dispostos a também serem iluminados com a visão do polegar erguido de Fra Angelico e dos murais terríveis. Pediam para serem salvos, para serem corrigidos, e eram trazidos para o casarão de pedra, onde o Mestre recebia a todos, a qualquer hora, só que naquele momento estava... O Polaco a interrompera, tentando saber mais. O casarão era um templo? Era como um monastério? Era um centro de doutrinação? Os polegares eram extirpados ali mesmo? Ela por acaso se lembrava de um americano que fora trazido de Orvieto dias antes e... Mas a senhora sorrira docemente e dissera para o Polaco ler os livros do Mestre espalhados pela saleta enquanto o esperava. O Mestre responderia a todas as suas perguntas.

Foi nesse ponto que notei que alguém sentara a uma mesa perto da nossa e não disfarçava seu interesse no que o Polaco dizia. Um homenzinho. Aquilo não era anormal, o gigante vermelho era uma atração do bar do Hatoum, o homenzinho talvez fosse um remanescente da plateia que queria ouvir mais sobre o fim da princesa Diana. Mas desconfiei da pasta que ele colocou em cima de uma cadeira, exatamente na posição em que um gravador escondido captaria o relato do Polaco, mesmo que este tivesse algum cuidado em não falar alto, o que não era o caso. O Polaco falava alto até quando cochichava. Não duvidei que era a pessoa que me seguira desde o hotel para saber onde eu descobrira o Polaco. Mas saber por quê?

O Polaco descreveu seu encontro com o Mestre como o encontro de dois titãs intelectuais. Apresentou-se como "Joseph", falando inglês. O Mestre era alto como ele, tinha barba e cabelos longos e também vestia um camisolão branco, e só o que destoava da sua imagem de Jesus Cristo era a agenda preta e a lapiseira que trazia prontas para anotar os dados do recém-chegado, um conjunto de fone de ouvido e microfone minúsculo com os quais se mantinha em contato constante, adivinhara o Polaco, com os seguranças da casa, e um olhar arguto e frio que em nada lembrava o de Cristo ou o de qualquer outro homem santo. O Polaco observara que ele tinha os dois polegares. O Mestre também adivinhara, só de olhar para o Polaco, que não estava diante de um convertido disposto a sacrificar seus polegares em troca da salvação. Tanto que fechara a sua agenda com um estalo, encontrara um lugar dentro do camisolão para a lapiseira e perguntara:

— Investigação?

— Não — disse o Polaco.

— Repórter?

— Não.

— O que você quer?

— Há dias um americano foi trazido para cá, da catedral de Orvieto.

— Sim. Curtis.

Curtis chegara ao casarão de pedra numa terça-feira, trazido de Orvieto pelo mesmo motorista silencioso que trouxera o Polaco. Dormira duas noites no casarão, pois as amputações só eram feitas às quintas, por um médico aposentado que morava em Burgdorf, um vilarejo próximo, e que o Mestre chamava de *"Herr Doktor"*. O Mestre estava acostumado a receber pessoas desesperadas, mas nunca vira alguém tão atormentado pela culpa como Curtis. Convidara-o para jantar com ele na segunda noite, na véspera da amputação. Curtis não comera nada, não tocara nos queijos e no vinho. Perguntara ao Mestre o que o esperava depois da amputação, quando não carregasse mais as ferramentas do Anticristo. Apontara para a sua orelha esquerda e pedira ao Mestre "Me fale por este ouvido", pois assim a notícia da sua salvação entraria pelo mesmo ouvido que recebera as palavras do Anticristo que tinham envenenado a sua alma em outra encarnação, como Signorelli retratara no mural de Orvieto. O Mestre confirmara que o dia da ascensão se aproximava. A profecia estava em 1 Tessalonicenses, 4:17, os que ficarão vivos serão arrebatados da Terra e encontrarão o Senhor nos ares. Os que sobrevivessem à praga ascenderiam ao céu, e Deus daria prioridade aos sem-polegares, aos que tinham repudiado as obras do Anticristo. O Mestre perguntara a Curtis se ele já sabia de onde queria ser transportado no dia em que fosse resgatado do mundo e mostrasse ao Senhor a prova da contrição em suas mãos corrigidas. Eram oito os portais, oito as saídas. Oito, como os dedos que restavam na mão depois que os polegares criminosos eram cortados. Curtis não fizera ao Mestre a pergunta que o Polaco fez: por que ele também não tinha os polegares amputados?

— Serei o último a amputá-los — disse o Mestre ao Polaco. — Depois de cumprir minha missão.

Sua missão era corrigir quem queria ser corrigido. Corrigir os arrependidos, para salvá-los da culpa da humanidade, quando viesse o Fim.

— Hatoum! Cachaça! — gritou o Polaco, assustando o homenzinho da mesa ao lado, que não perdia uma palavra do que ele contava.

Oito os portais, oito as saídas. Depois de terminar seu vinho e ordenar que limpassem a mesa, o Mestre desenrolou um mapa do mundo na frente de Curtis. Apontou os lugares onde existiam grupos da seita esperando o Fim.

Orvieto era um deles. O próprio casarão era outro. No Nepal... Mas os olhos de Curtis estavam fixos num ponto do mapa. "Aqui?", perguntou, espetando o dedo no Congo, logo acima da linha do Equador. No local em que ele desencadeara a peste que ameaçava o mundo. O Mestre respondeu que não havia nenhum portal na África. O único portal perto da linha do Equador ficava do outro lado do Atlântico, na Amazônia. "Aqui", disse, traçando com o dedo o triângulo formado pelo Equador e os rios Negro e Amazonas. E o Polaco repetiu, no tampo da mesa, o gesto do Mestre. "Negro! Amazonas! Equador!" Notei que o homenzinho da mesa ao lado ergueu-se da cadeira para acompanhar o desenho feito pelo dedo do Polaco.

Curtis arregalou os olhos. Disse: "O triângulo!". Aproximou seu rosto do mapa, como se quisesse enxergar detalhes escondidos sob o verde da Amazônia impressa. Fez o mesmo com o Congo. Repetiu o movimento da cabeça — do Congo para a Amazônia, da Amazônia para o Congo — várias vezes, com seu nariz quase roçando o oceano Atlântico, dizendo "Sim, sim, sim...". Descobrira alguma coisa que o deixara estarrecido, depois animado, depois eufórico. "Sim, sim, sim... É isso. É isso!" Perguntou ao Mestre:

— Como eu chego daqui a Chartres?

— Chartres?!

— Me lembrei de uma coisa. Preciso ir a Chartres. Agora.

— Mas *Herr Doktor* vem amanhã. Para amputar seus...

— Esqueça isso. Como eu faço para chegar a Chartres?

— Bem, você pode ir de táxi até a estação de Burgdorf, pegar um trem para Genebra e...

— Me chame um táxi, por favor.

— E os seus polegares?

— Vou precisar deles.

O Polaco contou que perguntara ao Mestre se Curtis tinha lhe dito o que acontecera no Congo. O Mestre hesitara. Talvez pressentindo que corria perigo, que aquele enorme homem ruivo poderia lhe fazer mal antes que chegassem os seguranças. Mas respondeu que sim. Que enquanto esperavam o táxi, Curtis lhe pedira informações exatas sobre como encontrar os sem-polegares na floresta amazônica, e contara o que fizera no Congo, e para quem fizera, e por quê. E ao se despedir dissera que pensava ter descoberto uma maneira de desfazer seu crime e exorcizar sua culpa. Mas antes precisava ir a Chartres. Precisava rever os sinais.

— E o senhor, sr. Joseph? — perguntou o Mestre. — Qual é seu interesse no Curtis?

— Digamos que eu também esteja cumprindo uma missão.

— Uma missão?

— Parecida com a sua. Também livro as pessoas da sua aflição. No caso, há pessoas aflitas com o dr. Curtis e com o que ele possa estar espalhando sobre elas por aí.

Nesse ponto, o Mestre deve ter se convencido de que corria perigo. Ajustou o pequeno microfone na frente da sua boca, com o qual chamaria a segurança para defendê-lo do Polaco, e perguntou:

— E qual é sua opinião sobre a minha missão?

— Ainda não descobri qual é o seu negócio. Como você ganha dinheiro com isto.

— Ganho pouco. Às vezes alguns dos corrigidos me agradecem e me cedem todas as suas posses, antes de irem esperar a salvação. Mas a maioria não paga nem o trabalho do *"Herr Doktor"*. Nem a anestesia. Nem nos reembolsam pelo que gastamos com o seu transporte de Orvieto, quando é o caso. Pagam suas próprias passagens até o portal de saída da sua escolha. Eu não lucro nada com isto. Acredito na minha missão. Você acredita em mim?

— Estive vendo os seus folhetos. Você diz que teve uma epifania, uma visão do fim do mundo, e da salvação dos sem-polegares, quando interpretou o polegar erguido de Fra Angelico...

— Tive.

— Não teve outra visão do seu próprio fim?

— Não. Vi que também serei salvo, junto com os outros, quando chegar a hora.

— Mestre, sua epifania estava errada.

— Por quê?

— Seu fim é agora. Eu sou o seu fim.

O Mestre ficara calado por alguns minutos. Depois repetira:

— Por quê?

— Você sabe o que aconteceu no Congo e sabe quem são os responsáveis. O crime do século. O crime de todos os séculos. Os responsáveis não querem que ninguém mais saiba.

— E você o matou? — perguntei ao Polaco.

Ele levantou as duas mãos.

— Matei. Com as silenciosas. Assim.

E o Polaco deu um salto, fazendo voar sua cadeira, e agarrou o homenzinho da mesa ao lado pelo pescoço. Hatoum pulou sobre o balcão e abraçou-se ao Polaco por trás.

— Polaco! Larga! Larga!

Eu me pendurei em seus braços. Vieram mais dois ou três nos ajudar a dominar o Polaco. Caímos todos por cima da mesa e do homenzinho, que já estava azul quando finalmente conseguimos que o Polaco soltasse seu pescoço. O homenzinho pegou a sua maleta e saiu cambaleando do bar. O Polaco levantou-se e foi buscar a sua cadeira, ouvindo ameaças do Hatoum de que seria posto na rua para sempre se fizesse outra parecida. Pela rapidez com que Hatoum chegara para segurá-lo, deduzi que não era incomum o Polaco se tornar violento daquele jeito e atacar alguém.

— O cara estava ouvindo a minha história de graça — justificou-se o Polaco.

Todo o bar estava ouvindo a história do Polaco sem contribuir para pagar a sua cachaça. O homenzinho só tivera a má sorte de estar mais perto. E quase encontrara seu fim nas mãos do Polaco, como o Mestre na sua história. Se a história fosse verdadeira.

Em pouco tempo o Polaco estava dormindo. Com os olhos ainda semicerrados, dissera mais uma das suas frases crípticas, uma pergunta, com um suspiro: "Rosa, Rosa, é assim que termina?". Depois: "Deixa eu me desmanchar como um cavalheiro, deixa...". Depois alguma coisa em outra língua que podia ser polonês. Depois, francês: "*Je suis un poète!*". Voltei para o hotel com dificuldade. O ar parecia ter se liquefeito. Nadei de pé até o hotel, olhando muitas vezes para os lados e para trás, procurando o homenzinho. Mas o homenzinho não se interessaria em me seguir até o hotel. Só me seguira para descobrir onde era o bar em que eu ouvia o Polaco e para gravar o que o Polaco dizia. Por quê? Para quem? Mal eu tinha entrado no quarto e o telefone tocou. Era o filho da puta do Alvarinho, dizendo que ia passar o telefone para o dr. Múcio. O dr. Múcio nem disse alô. Disse que já tinha recebido as fotos de Jósef Teodor e que agradecia. Disse que alguém iria me procurar para dar instruções. Um tal de Murilo. Se Murilo era o nome do homenzinho que me seguira, o dr. Múcio obviamente ainda não sabia que ele escapara por pouco de uma das vinte e uma maneiras que existem de se matar um homem com as mãos.

BACURI

O chauasca não dá ressaca. Você tem sonhos aquáticos mas acorda lúcido. Sonhei que o pinga-pinga da nascente do Amazonas na selva do Peru acontecia, de alguma forma, dentro da minha cabeça, como uma sinusite, até descobrir que o ruído era de uma torneira mal fechada no banheiro. Minha cara no espelho sobre a pia não parecia diferente. O consumo diário do chá milagroso da Serena não estava me afetando. Mas se estivesse, eu saberia? Me achar normal mesmo tendo a sensação de que levitava durante o orgasmo não seria um sinal de loucura? Serena tomara o chauasca todos os dias da sua vida desde que deixara a colônia da floresta depois da morte do pai, e o chá contribuíra para o rigor científico das suas pesquisas da flora alucinógena. Ela dizia que acordava tão lúcida que podia se sentir como uma erva, como uma fruta por dentro, mas isso talvez fosse o seu lado dinamarquês enfeitiçado pelos trópicos falando. No dia anterior eu perguntara se ela se lembrava do incidente com o americano e o estranho homem vermelho que envolvera seu pai, no afluente de um afluente de um afluente do Negro, mas ela desconversara e anunciara que naquela tarde eu iria experimentar uma certa raiz poderosa esfarelada dentro do chauasca e conhecer Adi, a mulher-sucuri. Quando mijei, tive a nítida impressão de estar vertendo água pura da cordilheira do Peru.

No saguão do hotel encontrei o homenzinho do dia anterior. Era ele mesmo o Murilo de que me falara o Múcio, e não quis muita conversa. Me entregou um minigravador, a pedido do Múcio, para registrar o que o Polaco já me contara e gravar tudo o que ele diria dali por diante. Eu deveria perguntar ao Polaco especificamente sobre o local onde estaria enterrado o dr. Curtis. Murilo estava com pressa. Obviamente, queria distância daquela história e do risco de morte por estrangulamento nas mãos de um maluco. Comecei a perguntar se ele estava bem, mas ele se afastou e, de costas, fez um gesto que tanto podia significar tudo bem quanto vê se me esquece.

Serena recebia um dos seus grupos de introspecção induzida, todos sentados num círculo no chão, e a maioria parecia ser de estrangeiros. Um pote de chauasca era passado de mão em mão, e todos fechavam os olhos antes de tomarem pequenos goles do líquido fumegante. Serena contava que havia casos de introspecção tão completa que a pessoa desaparecia dentro de si mesma, como uma cobra se engolindo. Fiquei estirado no nosso colchão, aproveitando para pensar no Polaco e naquele misterioso interesse do velho Múcio pelas suas histórias fantásticas. Acho que adormeci, pois quando me dei conta, o chão da Serena estava vazio. Ou todos já tinham ido embora ou todos tinham atingido a introspecção total e desaparecido dentro de si mesmos. A Serena estava na cozinha preparando mais chá com seus oito dedos. Este era para nós. Chauasca com o farelo de uma raiz poderosa. A última coisa de que me lembro de ouvir foi o ruído de um corpo pesado se arrastando pelo chão. Adi! A Serena me assegurou que fizemos amor, os três, no colchão. Eu não me lembro, mas no caminho do bar do Hatoum senti as costelas doloridas. Ouvindo águias, não sei em que continente.

— Bacuri — disse Hatoum, me servindo o suco da fruta. — Cura pra tudo, menos praga de vesgo e loucura.

O Hatoum estava querendo me dizer alguma coisa. Ou me protegia ou era cúmplice. Do que, eu não sabia. Seus sucos eram sinais ou eram uma preparação. Etapas preliminares, antes do sapiri. No fim, quando eu estivesse pronto. Para o quê, eu também não sabia.

O Polaco tinha plateia. Estava numa mesa rodeado de ouvintes atentos, contando como trabalhavam os seus colegas Opositores. Cada um no seu estilo.

Jamal, o Pequeno Turco — "*Le Petit Turc*", dizia Jósef, o Ator, aproveitando o interesse do público para exibir seu francês —, matava com um estilete, uma espécie de estoque como o que usam para liquidar o touro nas touradas, quando a espada do matador não atinge o coração. Um estoque de gelo. Carregava sempre consigo uma espécie de babador aluminizado que, enrolado, virava uma fôrma cônica, que Jamal enchia de água. Um comprimido acrescentado à água a transformava em gelo instantaneamente, e Jamal tinha na mão a sua arma mortífera. Suas vítimas apareciam furadas por um suposto punhal que nunca era encontrado, pois o gelo derretia dentro do furo. Jamal gostava de golpear o escroto ou a nuca. Preferia o escroto, porque ele era pequeno e o ataque por baixo ficava mais fácil. O pequeno Jamal era o melhor deles — "depois de mim", estava dizendo o Polaco. Jamal não tinha a classe de Jósef, o Míssil. Era um primitivo. Babava. Era assim que explicava a guardas de fronteira e seguranças de aeroporto o pano aluminizado que usava sempre em volta do pescoço. Tinha uma doença, babava.

Foi curiosa a reação do Polaco ao ver o gravador na minha mão. Ele se queixara da minha incompetência como repórter, mas agora olhava o gravador com desconfiança. Por que eu estava com um gravador?

— Vou gravar a sua história. Para o livro. Não era o que você queria?

— Você vai gravar? Pra quê?

— Pra não perder uma vírgula.

— Você não pode usar o meu nome.

— Nem sei como se escreve o seu nome.

Ele mostrou. No tampo da mesa, com o dedo. Mas repetiu:

— Você não pode usar o meu nome.

— Certo. Vou usar um pseudônimo.

Ele ficara tão sério que nem se lembrara de pedir cachaça. Era como se de repente tivesse se dado conta do que vinha fazendo, contando suas histórias para quem quisesse ouvir, com sua voz reverberando nas paredes de ladrilho do Hatoum. Com o gravador, precisava ter cuidado. Com o gravador, suas palavras não iriam se perder no ar, como as de um louco qualquer.

— Vou mudar todos os nomes — insisti. — Vai ser um romance. Uma ficção.

Ele continuava sério, olhando fixamente para o gravador.

— Hatoum, uma cachaça para o nosso Polaco! — gritei.

Quando a cachaça veio, ele pegou o copo com o dedinho levantado, mas não o levou à boca imediatamente. Ainda ficou olhando para o gravador por alguns segundos, como se esperasse algum comentário dele. Depois bebeu o primeiro gole e falou:

— Onde nós estávamos?

Estávamos em algum lugar da Suíça, e o Polaco acabara de matar o Mestre com as mãos. Com as silenciosas. Como ele conseguira sair do casarão sem ser interpelado pelos seguranças? Não interessava. A versão para o gravador não teria muitos detalhes.

O Polaco deixou o casarão sem ser visto e pegou uma carona até Burgdorf, onde a primeira coisa que fez foi comprar cuecas e uma escova de dentes. Depois registrou-se num hotel perto da estação de trem e telefonou para Bruxelas. Quem estava de plantão era Mathilde, a Bruxa. O Polaco fez seu relatório. O dr. Curtis estava a caminho de Chartres, França. Talvez já estivesse lá, talvez já tivesse saído de lá. Ele, o Polaco, iria atrás de Curtis, mas seria bom alertar toda a organização para tentar interceptá-lo. Deveriam procurar o Curtis na catedral. Outra coisa: acontecera algo desagradável num casarão de pedra perto de Burgdorf. A sede de uma seita, um mestre que sabia demais e que agora estava morto, ou em estado de extrema ignorância, como disse o Polaco, tentando arrancar uma risada de Mathilde, sem sucesso. Alguém do Grupo Meierhoff deveria ser destacado para dar uma olhada lá e abafar o caso. Quando terminou de falar com a Bruxa, o

Polaco fez outra ligação. Para o Texas. Lembrara-se do que Alice, a sra. Curtis, que estivera com o marido na sua peregrinação pelos lugares sagrados do mundo em busca da absolvição, relatara sobre a visita deles a Chartres. O que havia em Chartres? O que Curtis vira no chão da catedral que o impressionara? Alice respondeu como podia. Perguntou se estavam perto de encontrar seu marido. O Polaco respondeu que sim. Não acrescentou que o matariam quando o encontrassem. No dia seguinte o Polaco pegou um trem para Genebra. De lá, um avião para Paris. Na tarde do dia seguinte, chegou de trem a Chartres.

O que havia em Chartres? Curtis vira, talhado no chão da grande catedral, as Plêiades, dispostas na direção Norte-Sul, ou perpendicular à linha do Equador. Acima das estrelas, um semicírculo, e dentro deste um pentágono. Abaixo das estrelas, um triângulo. Vistas do hemisfério Sul, as Plêiades ficavam acima da constelação de Órion; vistas do hemisfério Norte, ficavam abaixo. Órion, o caçador, com seus cachorros predadores, era uma formação negativa no céu. Já ao sul do Equador as Plêiades dominavam Órion, eram claramente uma formação positiva. Segundo a sua mulher, Curtis identificara no semicírculo a área da África, limitada pela curva superior do grande rio Congo e pela linha do Equador, em que lançara sua praga mortal, sob estrelas malignas. Até o Pentágono estava no desenho. Em algum lugar do mundo estaria o triângulo subequatorial sob as Plêiades positivas em que tudo seria ao contrário, conforme a interpretação de Curtis. O triângulo que o salvaria e salvaria o mundo. Mas que ele não sabia onde encontrar.

— Foi o que Curtis viu no mapa que o Mestre lhe mostrou — disse o Polaco. — O triângulo oposto ao semicírculo africano, onde o mal se transformava no bem. Amazonas! Negro! Equador!

E de novo o Polaco traçou o triângulo na mesa com a ponta do dedo.

Em Chartres, o Polaco estudou os desenhos talhados no chão da catedral. As Plêiades perpendiculares à linha do Equador, o semicírculo com um pentágono dentro acima das estrelas, o triângulo abaixo das estrelas, a mensagem para Curtis que esperara séculos pelo seu decifrador. Nada indicava que o triângulo fosse na Amazônia, ou mesmo que a linha atravessada pelas Plêiades fosse a do Equador, mas na mente torturada pela culpa do americano a mensagem era clara, e era para ele. Alguém falara com Curtis em Chartres. Um padre. Curtis se confessara com um padre. Ajoelhando-se na sua frente no meio da nave da catedral, em cima do labirinto entalhado no chão. O padre atônito, tentando fazer Curtis erguer-se para conduzi-lo ao confessionário, e Curtis insistindo em fazer sua confissão ali mesmo, em cima do labirinto. Agarrado às pernas do padre, que ainda conservava no rosto o horror do que ouvira. Eu sei o que ele lhe confessou, disse o Polaco. O padre não podia repetir o que ouvira, o segredo do confessionário não permitia. Mas nunca tivera um vislumbre tão claro do mal de que a humanidade é capaz, do coração obscuro do mal, ou de uma alma dominada pelo remorso como a daquele pobre penitente. Você chegou ao centro do seu labirinto, dissera o padre a Curtis, e encontrou a sua alma escurecida e desamparada. Mas Deus vai resgatá-la. Tenha fé, Deus vai resgatá-la, Deus está no centro de todos os labirintos. Não, dissera Curtis, eu vou resgatá-la. Eu sei como. Eu sei onde. Vim ver os sinais, e os sinais confirmaram a sua mensagem.

O Polaco perguntou ao padre se Curtis dissera para onde ia. Sim, iria para o Brasil. Amazônia. Falara num triângulo. Falara que a regeneração viria do triângulo. A absolvição para a sua alma escurecida. O Polaco pediu ao padre para visitar o relicário da catedral e o padre concordou. O padre desceu pelas escadas de pedra na frente do Polaco. Ao chegarem à porta de ferro do relicário, o Polaco esperou o padre se virar e...

Nesse ponto o Polaco apontou para o gravador em cima da mesa e disse:

— Desliga isso.

— Mas...

— Desliga isso.

Desliguei o gravador, e o Polaco contou que estrangulara o padre.

Nada garantia que o padre não repetiria a terrível confissão que ouvira do americano. O Projeto EAB. A epidemia fora de controle. A culpa do Grupo Meierhoff no maior crime de todos os tempos. Matando o padre, o Polaco o ajudara a manter o segredo do confessionário.

O Polaco demorou para perder os sentidos naquele quinto dia. Só notei que ele estava ficando incoerente quando me perguntou outra vez o que eu fazia e declarou que só o que queria da vida, sem a Rosa, era poder se desmanchar lentamente, como um cavalheiro. Não pedia outra coisa. Se desmanchar lentamente, como um cavalheiro.

Pedi ao Hatoum para examinar a trouxa que o Polaco tinha guardado numa peça atrás do bar. Hatoum concordou sem hesitação. Me deixou sozinho com o conteúdo da trouxa. Não um, mas três passaportes velhos e desbotados. Um polonês, um inglês e um belga, todos com a mesma foto do Polaco moço, mas cada um com um nome diferente. Poemas copiados a mão num caderno puído, em inglês e francês. Talvez algum dos poemas fosse dele. A fotografia de uma mulher bonita sorrindo para a câmera. Rosa. Uma fotografia da mesma mulher entre o Polaco e outro homem, os três elegantemente vestidos e também sorrindo para a câmera. O outro homem poderia ser o dr. Curtis, o local da foto, a tal recepção do Grupo Meierhoff em sua homenagem, depois do sucesso inicial do Projeto EAB. Uma terceira foto da mesma mulher, mais magra, visivelmente doente. Rosa perto do fim. Uma passagem Paris-Rio-Manaus e Manaus-Rio-Paris com a parte da volta em aberto e ainda não usada.

Nadei pela calçada até o hotel e liguei para o jornal. O Múcio queria saber se eu já sabia onde o dr. Curtis estava enterrado. Depois de ouvir minha negativa, disse:

— Vamos fazer o seguinte, meu caro... meu caro...

Não se lembrava do meu nome. Eu o ajudei.

— Certo. Vamos fazer o seguinte. Vou providenciar um barco. O Murilo procurará você amanhã. Peça para o Jósef levar você até o local onde enterrou o dr. Curtis. Anote bem onde fica, depois nos avise.

— Entendi.

Eu só não entendia quem era o "nós".

PATAVÁ

Afluentes de afluentes de afluentes de afluentes... Custei a descobrir que não acordara num deles, mas no meu próprio suor, que empapava a cama. Nada de anormal no espelho, se aquele era mesmo eu. Murilo estava no saguão do hotel. Contrariado. O barco para levar o Polaco rio Negro acima estava contratado. Murilo me deu instruções precisas sobre como encontrá-lo. Já recuando, aproximando-se de costas da porta do hotel. O barco se chamava *Márcio Souza*. Pertencia a um Genoíno. Procure o seu Genoíno às quatro horas da tarde. Diga que é pro seu Murilo. Ele sabe o que é. Já está pago. Boa viagem. E desapareceu, quase correndo.

Mudei minha rotina de todos os dias. Antes de ir para o colchão da Serena, passei no bar do Hatoum. Uma cena insólita: o Polaco matinal. Varrendo o chão do bar, mas arrastando sua cadeira consigo. Anunciei que tínhamos um barco para subir o rio Negro. Ele poderia me mostrar onde enterrara o Curtis. Se é que se lembrava. Claro que se lembrava. Não era chamado de Jósef, o Míssil, por nada. Nunca errava o alvo, nunca se desorientava. Por isso era o escolhido para as missões difíceis. Por isso era ele o preferido, antes, até, de Jamal, *Le Petit Turc*, que também era bom mas já matara dois homens enganado, inclusive um primeiro-ministro quando o alvo era um secretário. E ele estava disposto a subir o rio Negro? O Polaco não disse nada.

— Essa eu quero ver — disse o Hatoum.

— Vamos ou não vamos? — perguntei.

O Polaco hesitou. Depois disse:

— Vamos.

— Eu passo aqui às três e meia e iremos para o barco.

— Essa eu quero ver — repetiu o Hatoum.

Depois do "gögre, gögre", Serena me contou com sua voz de seda que a lenda do Iguê-ago, o afluente do afluente do afluente de um afluente do Negro que não estava no mapa, era antiga. Seu pai lhe contara quando ela era criança. Mas havia lendas mais novas da região. Como a do casal inglês que se desentendera com a tripulação brasileira de um barco de excursão e fora posto em terra na margem de um afluente de um afluente de um afluente do Negro, sem possibilidade de contato com qualquer civilização. A mulher dera à luz um bebê na floresta. O casal morrera e o bebê fora criado por preguiças. Aprendera a ler com as revistas de moda que sua mãe deixara e fora descoberto por seringueiros na adolescência, quando já assumira uma posição de liderança entre as preguiças, pelo uso do polegar. Fora difícil convencê-lo de que ele era diferente dos humanos que via nas revistas da sua mãe e que não precisava usar os sutiãs que fazia de talos entrelaçados. Diziam que o inglês ainda vivia, que era um lorde em Londres conhecido pelas suas excentricidades, a letargia e a mania de procurar piolho nos outros. Ninguém sabia se aquilo era verdade. A lenda do afluente fantasma também não podia ser verificada, pois quem o encontrava nunca voltava. Quem se perdesse no labirinto de afluentes de afluentes de afluentes do Negro e entrasse no Iguê-ago encontraria a si mesmo pelas costas e nunca mais seria visto. Perguntei se Adi, a mulher-sucuri, não apareceria àquela tarde, e a Serena disse que sim, mas que era preciso acrescentar a rapa de uma raiz ao nosso chauasca, eu queria? Eu queria. Serena levantou-se e caminhou nua para a cozinha, com seu corpo magnificamente dividido, baunilha e chocolate. Depois trouxe o chauasca com a rapa de raiz, que nós tomamos, e eu fechei os olhos e em pouco tempo ouvi o ruído de um corpo arrastando-se pelo chão. Adi! Depois não me lembro de mais nada. Acordei com a explosão.

— O que foi isso?

    — O quê?

    — Essa explosão?

    — Não ouvi nada.

    — Meus ouvidos ficam aguçados com o chauasca. No outro dia, juro que ouvi o ronco do Orinoco.

    — Eu não ouvi nada.

    — A Adi esteve aqui?

    — Esteve.

    — Foi bom?

    — Foi bom.

    — Puta que pariu!

    — O quê?

    — Já passa das quatro.

* * *

Corri até o bar do Hatoum, com sirenas de bombeiros, vindas de algum lugar do Brasil, nos meus ouvidos, e as costelas mais doloridas do que no dia anterior. O Polaco estava sozinho numa mesa, me esperando. As mãos postas, como se rezasse. Tomara banho e seu cabelo vermelho, molhado, parecia mais escuro, o que dava à sua grande cabeça um ar menos deflagrado. Também aparara a barba. Estava sóbrio. Mas anunciou que não subiria o rio Negro comigo. Se preparara para ir, estava pronto para sair do bar do Hatoum pela primeira vez em cinco anos, mas pensara melhor. Não iria. Não adiantou eu argumentar que ele poderia levar sua cadeira, se quisesse. Não iria. Suspirei, desanimado. Hatoum veio trazer o meu suco.

— Patavá. Para as grandes decepções.

Perguntei se o Polaco não queria cachaça. Ele levantou uma mão, como se não quisesse nem ouvir a palavra. Aproveitaria o banho tomado e a barba aparada para formalizar o nosso acordo. Eu trouxera meu gravador?

Estava no bolso. Certo. Faríamos o livro. Um romance, com nomes trocados. Seu nome não podia aparecer no livro. Nem o da Rosa, nem o do Grupo Meierhoff, nem o de ninguém. Se fizessem um filme do livro, ele queria ser interpretado pelo ator inglês, aquele, como era mesmo o nome? Mas é preciso terminar a história, interrompi. Como terminava a história?

Antes de embarcar de Paris para o Rio, o Polaco comprou um par de botas e fez dois telefonemas. Para Bruxelas e para uma clínica em Luxemburgo. Em Bruxelas falou com a bela Beranger, que riu muito das suas piadas mas ficou séria para anotar seu relatório: Curtis estava a caminho do Brasil. Provavelmente o Rio, depois Manaus. Ele o seguiria, mas se conseguissem pegá-lo antes do embarque seria melhor. O que Curtis ia fazer na Amazônia? Tinha a ideia louca de desenvolver um antídoto para a epidemia mortal que desencadeara no Congo. Iria diretamente para uma colônia de sem-polegares ("Sem o quê?!", escandalizara-se Beranger) que aguardava o fim dos tempos e a sua ascensão ao céu na floresta amazônica. Seria bom alertarem o pessoal do Grupo Meierhoff no Brasil para a chegada de Curtis também.

— O Grupo Meierhoff tem gente no Brasil? — perguntei.

— O Grupo Meierhoff tem gente no mundo todo. O Grupo Meierhoff é dono do mundo todo. Você ainda não entendeu isso?

E o telefonema para a clínica em Luxemburgo? Era para a Rosa? Não vem ao caso, disse o Polaco. E continuou sua história.

Não se sabe se Curtis usara disfarce, ou como embarcara para o Rio sem ser reconhecido, apesar da vigilância do Grupo Meierhoff em todos os aeroportos da Europa. O Polaco chegou ao Rio e embarcou no mesmo dia para Manaus. Tanto ele quanto Curtis sabiam a exata localização da colônia dos sem-polegares, das informações e do mapa do desafortunado Mestre, na Suíça. Ficava no exato centro do triângulo formado pelos rios Negro e Amazonas e a linha do Equador. Quando o Polaco chegou à colônia, soube pelo seu líder, um dinamarquês, que Curtis estivera ali dois dias antes. E o dinamarquês contou que tinha tido boas conversas com o americano e que o alertara para a existência de uma planta que era comum ao semicírculo formado pela curva superior do rio Congo e a linha do Equador e ao triângulo em que estavam, só que no Congo o seu fruto crescia para baixo, e na Amazônia o fruto crescia para cima, e que ali poderia estar o antídoto que ele procurava para exorcizar o seu crime. E Curtis lhe contara qual era o seu crime? Claro, claro, disse o dinamarquês, com aprovação. Um crime terrível e ao mesmo tempo bendito, pois apressava a vinda do Fim. Em breve o contágio cobriria toda a Terra e se cumpriria a promessa da primeira epístola de são Paulo aos Tessalonicenses, a de que os sobreviventes seriam arrebatados da Terra e encontrariam o Senhor nos ares. E, segundo o Mestre, o Senhor selecionaria entre eles os sem-culpa, os sem-crime, os sem-polegares. Os Corrigidos. E estes teriam prioridade no céu.

E onde estava o americano naquele momento?

— Eu lhe mostrei como chegar às plantas que ele procura — disse o dinamarquês. — Fiz um mapa detalhado dos afluentes dos afluentes dos afluentes do rio Negro, desse labirinto de águas, e marquei o local onde ele encontrará as plantas para fazer a sua alquimia, já que ainda tem todos os dedos. Ele saiu ontem de manhã, sozinho, numa canoa.

— Se ele tiver sucesso, reverterá a epidemia.

— Ele não terá sucesso.

— Por quê?

— Porque a epidemia é irreversível e o Fim é inevitável. Porque ele não terá os meios para manipular as plantas, nem tempo para levá-las daqui em quantidade suficiente para um laboratório equipado. E porque o mapa é falso.

— Você deixou-o entrar sozinho num labirinto de águas com um mapa falso?

— É impossível mapear estas águas. Ainda mais com só quatro dedos. Fiz o possível.

— Eu preciso encontrar o Curtis. E você vai comigo.

— Por quê?

— Preciso de alguém que fique no barco, se eu tiver que descer a terra.

O dinamarquês tentou protestar, mas o Polaco tinha o dobro do seu tamanho. E todos os dedos das mãos. Combinaram que sairiam os dois de barco na manhã seguinte.

O Polaco estranhou o barulho que faziam na colônia. Durante toda a noite ouviu o som de panelas se chocando, e pratos, cumbucas, copos e talheres caindo no chão de terra batida dos alojamentos. No dia seguinte o dinamarquês explicou que era a maneira de o grupo chamar a atenção de Deus para os polegares que faltavam em suas mãos. Deixavam cair tudo para que Deus se lembrasse do seu sacrifício. Depois do café, o dinamarquês despediu-se de sua filha, uma menina de uns dezesseis ou dezessete anos que tinha um lado branco e o outro marrom, e entrou num barco a motor com o Polaco, para irem atrás de Curtis.

No sexto dia o Polaco não perdeu os sentidos. Ficou sóbrio. Não tocara em uma gota de cachaça. Mas ao escurecer, simplesmente parou de falar. Continuou com as mãos postas, olhando para nada. Pensei em perguntar há quanto tempo a Rosa morrera e como ele ficara sabendo. Pensei em pedir que ele apenas me adiantasse o fim da história. Ele matara ou não matara o dr. Curtis? Mas seu olhar era de quem não estava ali. Antes de sair do bar, ouvi alguém que chegava perguntando se sabiam da novidade. Tinha explodido um barco no cais, por volta das quatro e meia da tarde. Simplesmente explodido sozinho.

Morrera alguém? Parece que só o dono do barco.

No hotel, telefonei para o Múcio em São Paulo. Houve um silêncio estranho depois que eu disse quem era. Depois a voz do Múcio, também estranha, perguntando se eu estava bem.

— Estou, estou, obrigado. Por quê?

— Nada. Como foi a... o... a viagem?

— Não foi. O Polaco se recusou a pegar o barco.

— Ahn. Sei. Muito bem. Você está gravando tudo que ele diz?

— Estou. Acho que amanhã ele termina a história.

— Certo, certo. Me mantenha informado. Boa noite.

— Boa noite.

Estranho.

SAPIRI

Um telefone tocando no fundo do rio. Como pode um telefone tocar no fundo de um rio? Não podia ser no fundo do rio. Destransformei-me de peixe suado em gente, voltei à tona e acordei. O telefone tocava na minha cabeceira. O Arides, da Varig. Tinhas instruções do dr. Múcio para pegar uma fita de gravador comigo, no fim da tarde. Positivo? Positivo. Em seguida, outro telefonema. O Murilo. O que acontecera no dia anterior? Contei que o Polaco se recusara a sair do bar e pegar o barco. Eu soubera do acidente no cais? Da explosão? Ouvira falar, ouvira a explosão, mas o que aquilo tinha a ver comigo? Nada, nada. Passe bem.

Serena cedeu à minha insistência e contou como tinha sido a morte do seu pai. Um dia um estranho homem vermelho chegara ao lugar da floresta onde os sem-polegares esperavam o fim do mundo. O homem vermelho perguntara ao seu pai sobre outro homem, com cara de louco, que chegara dias antes. E os dois tinham saído num barco atrás do homem com a cara de louco. Iam procurá-lo num afluente de um afluente de um afluente do Negro. No labirinto das águas. O pai de Serena lhe assegurara que não corria perigo com o grande e assustador homem vermelho, o que convencera Serena de que ele corria perigo. E ela tinha razão, o grande homem vermelho voltara no mesmo barco sem o seu pai. Os sem-polegares tinham cercado o grande homem vermelho e perguntado onde estava o seu líder, e o grande homem vermelho respondera que ele já ascendera aos céus. Fora na frente encontrar o Senhor nos ares, como o líder que era. Os sem-polegares tinham avançado contra o grande homem vermelho, que fugira para a floresta. E que fim levou o grande homem vermelho, perguntei a Serena, acariciando sua cabeça do lado dinamarquês. Você sabe? Deve ter morrido, respondeu Serena. Nunca mais foi visto. Deve ter morrido na floresta.

O Polaco me recebeu com o olhar morto. Já tinha começado a beber. Disse que não queria mais falar, que só queria ficar ali, sentado na sua cadeira, bebendo e se desmanchando lentamente. Como um cavalheiro. Ele era um cavalheiro. Eu devia ter visto os dois, ele e a Rosa, na festa que o Grupo Meierhoff dera para o dr. Curtis. Ela nunca estivera tão bonita. E ele não era apenas um Opositor, um Apagador, um míssil humano, um ex-marinheiro, um ex-mercenário, um assassino pago, apenas outro polonês muito longe de casa. Não era um Jamal, o turco que babava. Era um poeta, um homem sensível, um cavalheiro que ficava bem de gravata. E agora queria apenas se desmanchar lentamente, como um cavalheiro, na sua cadeira. Com a elegância possível a quem não podia mais nem calçar sapatos. Fizera o seu trabalho, fizera o que era preciso. Tinha o direito de ir se desmanchando, em paz, como um cavalheiro.

— E o nosso livro? — perguntei.

— Escreva o livro. Não use o meu nome. Invente. Ponha palavras na minha boca. Faça o seu romance.

— Eu preciso de um final.

— Invente.

— Preciso do seu final. O verdadeiro.

— Como você sabe que o meu final também não será inventado?

— Há uma semana eu ouço as suas histórias. Você nunca teve um ouvinte melhor do que eu. Fui o ouvinte perfeito. Você me deve um final.

Os olhos injetados do Polaco reavivaram-se. Ele ficou olhando para mim por alguns instantes, em silêncio. Depois mostrou seus dentes amarelos, levantou seu copo e pediu:

— Hatoum: cachaça!

O Hatoum trouxe a cachaça para o Polaco e um copo de suco para mim.

Um suco escuro. Sangue coagulado. O que era aquilo?

— Sapiri — disse Hatoum.

— Esse serve pra quê? — perguntei.

— Depende de você. Hipnotiza, mata ou faz esquecer. Você escolhe.

Escolhi, antes de mais nada, não morrer. Tomei o primeiro gole do suco de sapiri decidido a ser hipnotizado até o fim e acreditar em tudo. O ouvinte perfeito não ia desistir agora. Liguei o gravador.

Num pequeno barco a motor, sem um mapa, o Polaco e o dinamarquês seguiram uma regra antiga para não se perderem em labirintos. Virar sempre para o mesmo lado, sempre para o mesmo lado. Tomaram o primeiro afluente do primeiro afluente do primeiro afluente do primeiro afluente do rio Negro à direita, sempre à direita, e quando viram estavam de volta ao rio Negro. Fizeram o contrário e tomaram o primeiro afluente do primeiro afluente do primeiro afluente do primeiro afluente do primeiro afluente do rio Negro à esquerda, sempre à esquerda, e quando viram estavam num rio reto de água lisa, sem afluentes, que parecia estreitar-se à medida que avançava para dentro da floresta, até que as copas das árvores se fecharam sobre suas cabeças e o rio transformou-se num túnel, com o chão negro e um teto perfurado em que a luz do fim da tarde — pois já era o fim da tarde — entrava ralada, em serpentinas que ficavam pendentes dos galhos, sem atingir a água acetinada.

— Iguê-ago — disse o Polaco.

O dinamarquês surpreendeu-se. O Polaco conhecia a lenda do rio da Solidão, do rio que não existia, do último rio? O Polaco contou que já estivera muito na Amazônia. Que já matara muito na Amazônia.

— É o que você faz? Matar?

— É.

— Você vai matar o americano, se o encontrarmos?

— Vou.

— Se o encontrarmos...

— Já o encontramos — disse o Polaco, apontando para a frente.

Cinquenta metros à frente deles o túnel parecia ter chegado ao fim. As margens pareciam se encontrar, a floresta fechava dos dois lados e convergia para uma quina, como duas paredes. O silêncio era total. A escuridão era quase total, mas via-se uma canoa com a proa enterrada no lodo no fim do rio e uma figura humana, com os ombros encurvados, sentada na popa, de costas para eles.

* * *

— Hatoum, este copo não serve mais. Traga um cheio.

Eu não tocara mais no meu suco de sapiri. Continuava hipnotizado.

— Como você vai matá-lo? — perguntou o dinamarquês.

O Polaco mostrou as mãos. Gostava das coisas antigas.

— Ele vai morrer para pagar o que fez? — quis saber o outro.

— Não, para pagar o que não fez. Não ficou quieto. Não se dedicou à jardinagem e ao golfe.

Aproximavam-se cada vez mais da canoa. Curtis já os ouvira, já ouvira o motor do barco, mas não se virara para ver quem era. Poderia já estar morto.

— Ele pode já estar morto — disse o dinamarquês. — Ninguém sai vivo do Iguê-ago.

O Polaco chamou:

— Dr. Curtis!

Curtis levantou a cabeça. Perguntou, olhando para a frente:

— Quem é você?

— Jósef Teodor. Já nos conhecemos. No Hotel Meierhoff. Você disse que nunca conhecera um assassino tão elegante como eu. Eu estava com a Rosa.

Silêncio. Depois:

— A Rosa...

— Lembra-se dela? Está morrendo. Talvez já esteja morta. Outra vítima da sua peste.

Curtis fez um gesto, sem se virar. Indicando a floresta que o rodeava por três lados.

— A cura está aqui. Para a Rosa. Para todo o mundo. Para mim.

— Não está. Não há cura. E você não veio aqui atrás da cura.

— Vim atrás do quê?

O Polaco desligou o motor do barco, que agora estava perpendicular à canoa, encostando na sua popa. Um cheiro de podridão exalava do lodo negro que envolvia os dois barcos. O pescoço de Curtis estava ao alcance das mãos do Polaco. Das silenciosas. E Curtis ainda não se virara para encarar o Polaco.

— Você veio atrás disto. Deste fim de tudo. Deste silêncio, desta treva, deste remanso barrento no coração do mal. Porque aqui, neste cerne selvagem do mundo, acaba o seu remorso. No Iguê-ago acaba tudo que é humano.

Ou coisa parecida. Estou seguindo as ordens do Polaco e romanceando um pouco.

— Você também — disse Curtis, ainda sem se virar.

— Eu o quê?

— Você também veio encontrar a sua alma e matar a sua culpa.

— Vim fazer o meu trabalho.

— Eu estava fazendo o meu trabalho. Era para exterminar todos os brutos e salvar o mundo. Não matar a sua Rosa.

— Você fracassou no seu trabalho. Eu não vou fracassar no meu. Vire-se para cá.

Curtis continuou olhando para a frente.

— Vire-se! — repetiu o Polaco. — Me olhe na cara.

— Mate-me pelas costas. É esse o seu trabalho.

— Vire-se.

— Faça o seu trabalho, como um animal bem treinado.

— Eu sou um poeta.

— Você é um animal. Faça o seu trabalho.

— *Je suis un poète!* — gritou o Polaco, agarrando o pescoço de Curtis. Por trás, seus poderosos polegares não podiam alcançar e esmagar o pomo de adão do americano. Mas existem outras vinte maneiras de se matar alguém só com as mãos.

— *Je suis un poète!*

Depois de jogar o corpo de Curtis no lodo malcheiroso, o Polaco virou-se para o dinamarquês. Que sabia que seria o próximo e tentou erguer um remo do fundo do barco para defender-se. Sem os polegares, não conseguiu segurá-lo. O remo também afundou no lodo.

— Você vai me matar? — perguntou o dinamarquês.

— Vou. Você já viu e ouviu demais. E, mesmo, não queremos desmentir a lenda do Iguê-ago. Ninguém sai daqui com vida.

— Você também não vai sair.

— Se eu sair, terei a boa surpresa de descobrir que este não é o Iguê-ago. Que o Iguê-ago não existe.

— Escute...

— Você não está esperando o seu encontro com o Senhor nos ares? Vou mandá-lo para o seu encontro mais cedo.

O corpo do dinamarquês também afundou no lodo malcheiroso. Jósef, o Míssil, que nunca errava o alvo, não teve dificuldade em retornar para a aldeia dos sem-polegares, voltando à boca do rio-túnel e depois tomando todos os primeiros afluentes dos afluentes à direita, sempre à direita. Quando desembarcou na aldeia, foi abordado pela filha do dinamarquês, a menina dividida. Onde estava o seu pai? Depois foi cercado por uma multidão sem polegares. Onde estava o seu líder, o homem que os comandaria quando a peste tivesse tomado conta do mundo e chegasse a hora da ascensão? O Polaco respondeu que ele já fora para o seu encontro com o Senhor nos ares. A multidão tornou-se hostil, alguns chegaram a agredi-lo com seus punhos de quatro dedos, e o Polaco foi obrigado a fugir para a floresta.

Ele não sabia quanto tempo andara pela floresta na direção de Manaus. Dias, abrindo caminho na vegetação cerrada com as mãos, bebendo água de vertentes, alimentando-se de frutas e répteis, cruzando com cobras descomunais, botos que invadiam a floresta em grupo atrás de mulheres e sapos do tamanho de cachorros, vendo as botas que comprara em Paris antes de embarcar para o Brasil desmancharem-se nos seus pés, até chegar ao bar do Hatoum com outras botas nos pés inchados, feitas de barro e sangue. Um fantasma de pés pretos. Por que ele escolhera logo o bar do Hatoum?

Mas o Polaco já começara a desaparecer na sua névoa crepuscular e não dominava mais a língua. A última coisa que disse antes de dormir com a cabeça aninhada nos braços, sobre a mesa, foi algo sobre o ator que o interpretaria, no filme que fizessem da sua história. O inglês, aquele, como era o nome dele? Foram as últimas palavras que ouvi do Polaco.

— Mais suco? — perguntou Hatoum.

Meu copo ainda estava pela metade. O que ele estava me perguntando era se eu não preferia esquecer tudo aquilo. Eu também já vira e ouvira demais. Não era seguro lembrar-se. Não era seguro escrever a respeito do que eu vira e ouvira. Não pensei nisso na hora. Estava decidido a escrever tudo, nem que fosse só para impressionar o filho da puta do Alvarinho.

No caminho do hotel espiei um jornal numa banca e vi que o barco que explodira no cais, no dia anterior, era o *Márcio Souza*, e que a única vítima da explosão fora o seu dono, chamado Genoíno. *Márcio Souza*, o barco que o Múcio arranjara para nos levar Negro acima. Era curiosa aquela coincidência.

Entreguei a fita gravada ao Arides da Varig. No dia seguinte ela estaria com o Múcio, com o relato do fim do dr. Curtis. O Polaco dissera que o Grupo Meierhoff tinha "gente" no Brasil. Que ele mesmo já atuara para o Grupo Meierhoff no Brasil, na Amazônia e em outros lugares. Como Opositor, como Apagador, interferindo mais na história do país do que eu poderia imaginar. O dr. Múcio, com sua barriga e seus suspensórios, seria "gente" do Grupo Meierhoff no Brasil? Nunca confiei muito em quem usa suspensórios. Fiquei pensando: depois que o Polaco fizera seu último relatório sobre sua perseguição ao Curtis, em Orvieto, na Suíça e em Chartres, depois de avisar que estava embarcando para o Brasil atrás de Curtis, ele nunca mais se comunicara com o grupo. Durante cinco anos, nem a alegre Beranger, nem a maternal Gundrum, nem a soturna Mathilde tinham recebido qualquer notícia de Jósef, o Míssil. Ninguém sabia onde ele estava, ou se tinha alcançado Curtis. E de repente o gordo Múcio, logo o gordo Múcio, ficara sabendo que um polonês bêbado chamado Jósef Teodor estava despejando a sua vida para um repórter de futilidades e para quem quisesse ouvir, num bar de Manaus... Múcio certamente entrara em contato com a organização, que estava tomando as providências necessárias para que o Projeto EAB e seu fracasso continuassem secretos. Quais seriam essas providências? Dormi antes de me responder. Sonhei que era uma tartaruga.

ÁGUA

No dia seguinte, pela primeira vez, falei para Serena sobre o Polaco. Sobre as minhas conversas com o assassino do seu pai num bar não muito longe da sua casa. Ela perguntou se aquilo não era um dos meus delírios, como ouvir o ronco do Orinoco e águias em outro continente. Não, eu tirara fotos do polonês, gravara a sua voz, não era delírio. Ela pediu para ver as fotos e ouvir as gravações. Eu disse que as fotos e as gravações tinham sido mandadas para São Paulo, o que aumentou sua desconfiança, ou a desconfiança do seu lado indígena e cético. Eu estava delirando. Manaus finalmente me enfeitiçara completamente. O calor me enlouquecera. O grande homem vermelho tinha morrido na floresta, não podia estar vivo. Insisti que o Polaco vivia. Estava, naquele momento, num bar não longe dali. Podíamos ir até lá, se ela quisesse. Como era o nome do bar? O nome do bar? Eu não sabia. Nunca me ocorrera olhar o nome do bar do Hatoum. Serena concluiu que eu já tomara chauasca demais.

* * *

O nome do bar do Hatoum era "Rosa". Bar Rosa! Quando entrei, Hatoum perguntou que suco eu queria tomar. Pela primeira vez, não tinha nenhum suco para me sugerir. Eu não seguira seu conselho, não tomara o suco de sapiri para esquecer. Tomara para continuar lembrando, para escrever o que sabia. Ele não se responsabilizava mais por mim.

— Me dê um copo d'água — pedi.

O bar estava vazio, salvo pelo Polaco debruçado sobre uma mesa.

— Ele ainda não acordou, hoje — disse Hatoum.

— Ele está respirando?

— Acho que está. Não fui lá ver.

Fiquei olhando a figura de Jósef Teodor debruçado sobre o tampo da mesa, com os pés negros sob a sua cadeira. Ele era um monstro, mas não pude evitar um sentimento de pena, vendo-o daquele jeito. Ele entrara no bar do Hatoum porque se chamava "Rosa". E não saíra mais. Se refugiara na sua Rosa, onde pretendia se desmanchar lentamente, em paz, como um cavalheiro. Se apenas não tivesse aquela compulsão de falar... Isso se não fosse a cachaça falando.

Imaginei o que a Serena faria se se convencesse de que o assassino do seu pai estava ali. Talvez trouxesse um pouco de rapa daquela raiz e derramasse na sua cachaça, para chamar Adi, a mulher-sucuri, que esmagaria os ossos do grande homem vermelho sem que ele pudesse vê-la. Ou então...

— Ele não está respirando.

— Como, não está respirando? — disse o Hatoum.

Nos aproximamos da mesa. Não havia dúvida. O Polaco estava morto.

— Olhe. A nuca dele.

Havia um buraco profundo na nuca. Como se fosse feito por um estoque, desses que usam para matar o touro quando a espada do matador não atinge o coração. O buraco estava vazio. O estoque derretera.

Hatoum me ofereceu sapiri outra vez. Para esquecer tudo aquilo. Recusei.

Vou escrever a história do Polaco com todas as suas possibilidades latejantes.

Depois, quero ver o filho da puta do Alvarinho me mandar fazer reportagens sobre cabeleireiro de cachorro.

ESTA OBRA FOI COMPOSTA PELA PÁGINA VIVA EM UTOPIA E
IMPRESSA EM OFSETE PELA GEOGRÁFICA SOBRE PAPEL PÓLEN BOLD
DA SUZANO S.A. PARA A EDITORA SCHWARCZ EM NOVEMBRO DE 2022

A marca FSC® é a garantia de que a madeira utilizada na fabricação do papel deste livro provém de florestas que foram gerenciadas de maneira ambientalmente correta, socialmente justa e economicamente viável, além de outras fontes de origem controlada.